Helen Khyzhniak

FOR YOU, Sweetheart

Тебе, любимой!

For you, Sweetheart
Copyright © 2024 by Helen Khyzhniak

Photographer Iryna Prachenko @iryna_prachenko
Illusttrations Zyablova Liliana © zyablova_art

All rights reserved. No part of this publication may be reproduced, distributed, or transmitted in any form or by any means, including photocopying, recording, or other electronic or mechanical methods, without the prior written permission of the author, except in the case of brief quotations embodied in critical reviews and certain other non-commercial uses permitted by copyright law.

Tellwell Talent
www.tellwell.ca

ISBN
978-1-77962-156-6 (Hardcover)
978-1-77962-155-9 (Paperback)
978-1-77962-157-3 (eBook)

Содержание

1. Первый влюблённый мальчик 2
2. Вы прекрасны, девушка! 32
3. Первый поцелуй 54
4. Первые эксперименты 78
5. Первый секс 122

Contents

1. First boy in love 3
2. You are beautiful, young lady! 33
3. First kiss 55
4. First experiments 79
5. First sex 123

= Первый влюблённый мальчик =

Я металась по квартире с тряпкой в руках. Обычная уборка. Обычный выходной. И надо было мне полезть в тот ящик... Самый дальний. Самый забытый.

«Здравствуй, дорогой дневничок!..»

У всех есть такие ящики. Там всегда хранится что-то очень ценное, дорогое сердцу, но совсем забытое.

«...Сегодня Пашка провожал меня домой! Он шёл за нами, чтобы мы с Олькой его не заметили. А мы заметили и специально шли медленнее. Дурак какой-то. Но всё равно приятно. В следующий раз попрошу, чтобы портфель понёс...»

Зачем они нам, школьные альбомы, камешки с моря, засушенные розы или первые осенние листья? Чтобы спустя десятилетия улететь в прошлое, искупаться в нём, насладиться воспоминаниями... Или, наоборот, затолкать, забросить их подальше, уничтожить, стереть из памяти... Но нет! Прошлое найдет тебя! Везде. И ты не спрячешься, не убежишь.

«...А вечером он приехал на велике и катался по нашей улице взад – вперёд. Влюбился, что ли? Я тоже взяла велик, и мы поехали покататься. Так далеко я никогда не уезжала. Здорово! А ещё я съехала с крутой горки! Ура!!!..»

= First boy in love =

I rushed around the apartment with a rag in my hands. Routine cleaning. Regular day off. And why did I climb into that box... The farthest one. The most forgotten.

"Dear diary!.."

We do all have such boxes. There is always something very valuable, dear to the heart, but completely forgotten stored there.

"...Today Pashka followed me home. He tried to do it we didn't notice. But we did and deliberately walked slower. What a fool. But it's still nice. Next time I'll ask him to carry my backpack..."

Why do we need all these school albums, pebbles from the sea, dried roses or the first autumn leaves? To fly into the past decades later, dive in it, enjoy the memories... Or just push them away, throw them away, destroy them, delete them from memory... But no! The past will find you! Everywhere. And you won't hide, you won't run away.

"...And in the evening, he rode his bike going back and forth on our street. Is he like, in love or something? I got my bike too, and we went for a ride. I've never gone that far before. It was so fun! And I even went down that super steep hill! Yay!.."

Да, помню... Папа ещё постоянно подтрунивал:
— Машка, смотри, твой жених приехал!
— Папа! — сердилась я, услышав слово «жених», но бежала к окошку. И правда он!

Пашка катался под окнами, а я потихонечку выглядывала из-за занавески, чтоб не заметил. Что я, дурочка какая-то, за мальчишками бегать!

«...*Сегодня в школе была дискотека. Все девчонки нарядились, и я тоже. Очень хотелось, чтобы Пашка пригласил танцевать. И он пригласил! А потом проводил меня домой...*»

Я тогда отчётливо ощутила весну на запах. И ощущаю до сих пор. Для меня это запах нового! Когда уже не холодно, но ещё и не жарко, прошёл лёгкий весенний дождь... Вдохните этот воздух, втяните его в себя, ощутите его кожей... и вы наполнитесь новой силой!..

Я глубоко вдохнула... и обнаружила себя сидящей на полу. В руках мой школьный дневник. Для кого я тогда писала? Сейчас всё это кажется мне нереальным. Не со мной. Не про меня. Когда влюблённый мальчик берет меня за руку, и меня накрывает шквал эмоций! Это страшно, непонятно и ужасно приятно! Всё трепетно и по-детски.

Oh, yay, I remember... Dad was always teasing me:
– Mashka, look, your fiancé has arrived!
– Dad! – I got annoyed when I heard the word "fiancé", but I ran to the window. And sure enough, there he was!

Pashka was riding around under the windows, and I peeked out from behind the curtain, trying not to be noticed. What am I, some kind of fool chasing after boys!

"...Today there was a dance party at school. All the girls dressed up, and I did too. I really wanted Pashka to ask me to dance. And he did! And then he walked me home..."

I could distinctly sense the scent of spring in the air back then. And I can still feel it to this day. For me, it's the aroma of something new! When it's no longer cold, but not yet hot, after a light spring rain... Breathe in that air, draw it into yourself, feel it on your skin... and you will be filled with new energy!..

I took a deep breath... and found myself sitting on the floor. In my hands, my school diary. For whom was I writing back then? Now it all seems unreal to me. Not with me. Not about me. When a boy in love takes my hand, and I'm overwhelmed by a flurry of emotions! It's scary, incomprehensible and terribly pleasant! Everything is trembling and childlike.

* * *

Пашка не понимал, что с ним происходит. Он – смелый, он – сильный! А девчонки? Хи-хи – ха-ха и больше ничего! Да как с ними вообще можно дружить? О чём можно разговаривать с тем, кто ничего не понимает в отвёртках и гаечных ключах? Не побегать, не подраться, не собрать новую модель самолётика. Кто вообще придумал девчонок? Зачем они нужны? От них только визг и шум.

Но Машка! Она притягивала к себе как магнит! Её хотелось видеть и слышать. Всегда! Пусть визжит и смеётся сколько хочет, только не убегает, не прячется. А она, только заметив его, о чём-то шепталась с подружками, смеялась и убегала.

Ну, что опять не так? Всё. Не смотреть на неё. Не подходить. Не разговаривать.

– Ай! Дурак какой-то! – взвизгнула Машка, когда Пашка сильно дёрнул её за косичку. Чтобы знала, что он не какой-то там размазня! Он пацан! Всё. Точка.

Ночью он долго не мог уснуть. Всё крутился и крутился: и зачем я это сделал? Ей же больно! У неё такие красивые волосы... И глаза... Так, стоп. Не думать, не думать! Спать! Надо узнать, где она живёт. С этой мыслью Пашка наконец под утро заснул.

For you, Sweetheart

* * *

Pashka didn't understand what was going on with him. He's supposed to be tough; he's supposed to be strong! But girls? Tee-hee, ha-ha, and nothing more! How can you even be friends with them? What can you talk about with someone who doesn't understand screwdrivers and wrenches? No running around, no fighting, no building cool airplane model. Who even made girls anyway? What's the point of them? All they do is giggle and make a big fuss.

But Mashka! She's like a magnet, she just pulls him in! He always wants to see her and hear her voice. Always! No matter how much she squealed and laughed, if she didn't run away, didn't hide from him. And she, as soon as she noticed him, whispered something to her friends, laughed, and took off.

What's wrong again? Forget it. Not gonna look at her. Not gonna go near her. Not gonna talk to her.

– Oww! What a dummy! – Mashka cried when Pashka yanked her braid hard. Just to show her he's not some little baby! He's a real boy! That's it, end of a story.

At night, he tossed and turned forever: why'd I do that? I must've hurt her! Her hair is so pretty... And her eyes... No, stop. Don't think about her, don't think about her! Just sleep! I need to find out where she lives. With that idea, Pashka finally dozed off towards morning.

В школу он не бежал, он летел. «Тебе не больно?» – мысленно спросил он Машку, заглянув ей в глаза, и опять в них утонул.

Витька принёс новую модель машинки, и все её рассматривали. Пашка специально сел так, чтобы видеть Её.

– Супер! – сказал Пашка, то ли про машинку, то ли про Машку.
– Ты что, влюбился? – услышал он.
– В кого? – не понял Пашка.
– В Сивахину, – засмеялся Витька. – Ты весь день на неё пялишься.
– Да ну, ерунда какая! Фу. Скажешь ещё. – Пашка скривился так, как будто поцеловал жабу. – Больно надо!

А после уроков тайком последовал за Машкой. Она шла с Олькой почему-то очень медленно, как будто специально. Над чем-то смеялась и оборачивалась, вроде бы искала кого-то. Может, заметили? Да нет. Не могли, я же спрятался. И так хотелось, чтобы это длилось бесконечно! Чтобы так идти и идти за ней... Она скрылась в подъезде. Стоп. Что же дальше? Пашка решил закинуть портфель домой. Но там, как назло, оказалась мама.

– Поешь немедленно! – мама стеной встала у дверей. – Никуда не пущу, пока не пообедаешь.
Пашка ел, давясь от спешки. А вдруг она уйдёт, пока он тут котлеты уминает?
– Мам, я на велике покататься, – крикнул он, доедая на ходу.
– Только не поздно!
– Угу! – и он скрылся за дверью.

He didn't run to school, he flew there. "Does it hurt you?" he wondered, looking into Mashka's eyes, getting lost in them again.

Vit'ka brought a new toy car, and everyone was checking it out. Pashka made sure to sit where he could see Her.

– Awesome! – Pashka said, maybe about the car, maybe about Mashka.
– Hey, you got a crush or something? – he heard.
– In whom? – Pashka didn't understand.
– In Sivakhina, – Vi'tka laughed. – You've been staring at her all day.
– Ah, what nonsense! Ugh. As if, – Pashka grimaced as if he had kissed a toad. – I don't need it at all!

And after classes, he secretly followed Mashka. She was walking with Olka for some reason very slowly, as if on purpose. They were laughing about something and looking back, as if searching for someone. Did they notice? No, they couldn't have, he was hiding. And he so wanted this to last forever! To keep walking and walking behind her... She disappeared into the entrance. Stop. What now? Pashka decided to drop off his backpack at home. But, as luck would have it, his mom was there.

– Eat, now! – mom blocked his way. – I won't let you go until you have lunch.
Pashka ate, choking in his haste. What if she leaves while he's wolfing down these cutlets?
– Mom, I'm going for a bike ride, – he shouted, finishing as he went.
– Just don't be late!
– Yep! – and he disappeared out the door.

Пашка катался по Машкиной улице в надежде, что увидит Её. Но Машки нигде не было. И вдруг она вышла ему навстречу, ведя рядом велосипед. Не может быть! Сердце его бешено колотилось.

— Привет! Поехали покатаемся? — слова как-то сами выскочили.
— Поехали! — Машка улыбнулась.

Ему хотелось показать ей все свои любимые места. Они самозабвенно крутили педали. И было так весело и так хорошо! А когда они съехали с крутой горки, Пашка мог поклясться, что у него выросли крылья за спиной.

Теперь все дни были похожи на один волшебный сон. Мама не узнавала Пашку. Он САМ вовремя просыпался, приводил себя в порядок (и даже чистил уши и ногти), завтракал и убегал в школу.

— Вырос! — разводила мама руками. — Так быстро, а я и не заметила! Совсем взрослый стал.

Учителя тоже удивлялись. Пашка сам тянул руку и хорошо отвечал! А ему очень хотелось понравиться Машке. Чтоб она смотрела только на него — и восхищалась. В классе начали тихонечко шептаться: «Что это с ним?»

— Ты что, решил в отличники выбиться? — спросил Витька с легкой угрозой.
— Да так, время было... — замялся Пашка.
— А чё в футбол не приходишь играть? Нас вчера из-за тебя меньше было. Мы проиграли! Ты тут отметки зарабатываешь, а мы дуем в футбик!
— Да приду я сегодня! Чего раскричался! — Пашка не узнавал Витьку: «Лучший друг. Что с ним?»

Pashka rode up and down Mashka's street hoping to see Her. And suddenly she came out to meet him, walking her bicycle beside her. Can't be! His heart was beating wildly.

– Hi! Wanna go for a ride? – the words somehow spilled out on their own.
– Ok! – Mashka smiled.

He wanted to show her all his favourite spots. They pedalled with abandon. And it was so fun and so good! And when they zoomed down a steep hill, Pashka could have sworn wings had sprouted on his back.

Now every day was like one magical dream. Mom didn't recognize Pashka. He woke up ON HIS OWN on time, got himself in order (even cleaned his ears and nails), had breakfast and rushed off to school.

– He's grown up! – mom threw up her hands. – So fast, and I didn't even notice! He's become a real teen.

The teachers were surprised too. Pashka raised his hand himself and answered well! He did really want to impress Mashka. So, she would look only at him – and be in awe. The guys started whispering quietly: "What's up with him?"
– Decide to become a favourite student? – Vit'ka asked with a slight threat.
– Oh, just had some free time... – Pashka hesitated.
– And why aren't you coming to play football? We had fewer people because of you yesterday. We lost! You're earning good grades here, while we're kicking the ball!
– I do come today! Don't yell! – Pashka didn't recognize Vit'ka: "Best friend. What's wrong with him?"

Вечером они играли в футбол с мальчишками из соседнего двора. Но игра не получилась. Витька постоянно брал инициативу на себя, не давая играть Пашке.

— Ты чего? Что происходит? Дай пас на меня! — орал он на Витьку.
— Да отвали! Ты вечно пропускаешь! — они начали толкаться.
— Ша, пацаны! Хватит! Играем! — сбежались остальные.

В общем, эту игру они опять продули. Пашка с Витькой разошлись по домам, не глядя друг на друга и не попрощавшись.

Пашка опять долго не мог уснуть, а когда заснул, ему приснилась Машка, играющая в футбол, и Витька в бантиках, ехидно улыбающийся. Он проснулся в холодном поту.

«Фу, приснится же такое! Витька — в бантиках! Ха-ха! — Пашка уже вовсю смеялся. — Витька — в бантиках!»

— Паш, что случилось? У тебя всё хорошо? — мама испуганно заглянула в комнату: сын среди ночи хохочет вовсю. — Приснилось что-то?
— Всё нормально, мам! Всё — нормально! Витька — в бантиках! Представляешь? — он залез под одеяло.
— Паш, ты бы отдыхал больше. А то засел за учебники, а по ночам бредишь. Спи! — мама поцеловала его и тихо вышла.

«Витька в бантиках!» — Пашка зевнул и тут же заснул.

That the evening, they played football with the boys from the neighbouring yard. But the game didn't go well. Vit'ka kept taking the initiative, not letting Pashka play.

— What's wrong with you? What's going on? Pass it to me! — he yelled at Vit'ka.
— Buzz off! You're always missing! — they started shoving each other.
— Hey, guys! Stop it! Let's play! — the others came running over.

As the result, they lost that game too. Pashka and Vit'ka went home separately, not looking at each other and not saying goodbye.

Pashka couldn't fall asleep for a long time again, and when he did, he dreamed of Mashka playing football, and Vit'ka in ribbons, grinning maliciously. He woke up in a cold sweat.

"Ugh, what a dream! Vit'ka in ribbons! Ha-ha! — Pashka was laughing out loud. — Vit'ka in ribbons!"

— Pasha, what's happened? Are you okey? — mom fearfully peeked into the room: her son was laughing uproariously in the middle of the nigh. — A dream?
— Everything's fine, mom! Everything's fine, mom! Vit'ka in ribbons! Can you imagine? — he burrowed under the blanket.
— Pasha, you should rest more. You've been buried in your books, and here is a nightmare. Sleep! — mom kissed him and quietly left.

"Vit'ka in ribbons!" — Pashka yawned and immediately fell asleep.

А через пару дней в школе была дискотека. Все только о ней и говорили. Вернее, говорили о ней в основном девчонки: кто что наденет, кто с кем пойдёт... Как можно целыми днями обсуждать, что надеть на дискотеку? У мальчишек был повод посмеяться.

— Слышь, Светка, а ты не ешь в эти дни, — потешались они, — а то в юбку не влезешь! — Светка была толстая и постоянно что-то ела.

— Дураки! — злилась Светка, жуя очередной бутерброд. — Папа говорит: чтобы быть здоровой, надо хорошо есть!

— Здоровой в смысле «огромной»? — все попадали со смеху.

— Я не представляю, кто захочет с ней танцевать! — Сашка давился смехом. — Она же раздавит человека!

— Иди сюда, я тебя раздавлю! — попёрла на него Светка.

— Помогите! — Сашка выскочил из кабинета. И сделал это вовремя, потому что глаза у Светланы уже налились кровью.

— Пацаны, шухер! — мальчишки со смехом побежали врассыпную.

Это была их любимая забава: подразни и убеги. Особенно они любили дразнить Светку. Она была толстая и некрасивая, и так легко заводилась на дразнилки. А ведь чем больше человек реагирует и обижается на подколы, тем больше хочется его дразнить. Но Светка тогда этого не знала. Она впадала в ярость и бегала по кабинету за обидчиком, раззадоривая того ещё больше. Хотя стоило бы ей не реагировать на колкие шутки или просто в ответ рассмеяться, как всё бы прекратилось.

Пашка сидел в углу и тайком смотрел на Машку. Он очень хотел потанцевать с ней на дискотеке, но не знал, как пригласить на танец: а вдруг откажет? а вдруг засмеёт? а что подумают остальные? а вдруг... Машка, почувствовав на себе взгляд, обернулась. Их глаза встретились, и сердце у Пашки бешено заколотилось. Рискну, решил он.

For you, Sweetheart

A couple of days later, there was a dance party at school. That's all the girls talked about – what to dress, who they would go with... How can they talk what to dress to a dance party all day long? The boys had a reason to tease.

– Hey, Svetka, you better not eat these days, – they laughed, – or you won't fit in your skirt! – Svetka was chubby and always eating something.
– Idiots! – Svetka got angry, chewing on another sandwich. – Dad says: to be well you need to eat well!
– You mean like A well? – they all burst out laughing.
– Can't imagine who would want to dance with her! – Sashka was choking on laughter. – She'll crush a man!
– Come here, I'll crush you! – she moved towards him.
– Help! – Sashka dashed out of the classroom. And he did it just in time, because Svetlana's eyes were already bloodshot.
– Nix, guys! – the boys ran to the scattered, laughing.

That was their favourite pastime: tease and run. They liked to tease Svetka most of all. She was chubby and ugly, and so easily provoked by the teasing. But the more you react and get offended by the jabs, the more you are teased. But Svetka didn't know that then. She would fly into a rage and run around the classroom after the offender, only egging them on even more. Though if she just didn't react to the sarcastic jokes or just laughed back, it would have all stopped.

Pashka was sitting in the corner, secretly looking at Mashka. He really wanted to dance with her at the disco but didn't know how to ask her to dance: what if she refused? what if she laughed at him? what would the others think? what if... Mashka, feeling his gaze on her, turned around. Their eyes met, and Pashka's heart started racing wildly. I'll take a risk, he decided.

К дискотеке Пашка тщательно готовился. Он вымылся с головы до пят и очень долго крутился возле зеркала: то мышцами полюбуется, то язык себе покажет. А с причёской так вообще беда была: волосы упорно не хотели его слушаться, торчат и всё.

— А-а-а-а! — вопил он у зеркала.
— Пашенька, у тебя всё хорошо? — мама, как всегда, была рядом.
— Ничего не получается! Что с ними вообще делать? — он бросил расчёску в умывальник.

Мама улыбнулась и за минуту приручила волосы.

— Мама, я тебя люблю! — Пашка не мог собой налюбоваться. — Ты волшебница!
— Какой ты у меня уже большой! — мама прислонилась к двери. — У тебя что, свидание?
— Мама! — Пашку прямо передёрнуло. — Скажешь ещё такое! «Свидание»! Просто дискотека.
— А-а-а, понятно, — усмехнулась мама. — Только домой вернись не поздно! И надень вот эту рубашку. Она тебе очень идёт.

Пашка замешкался ненадолго, но потом всё же согласился с маминым выбором.

— Всё-таки хорошо, что она рядом. — подумал он. А вслух добавил, — Спасибо!

На дискотеку он немного опоздал. Некоторые мальчишки из его класса сидели на крылечке школы. Витька тоже уже пришёл.

— Привет!
Пашка со всеми поздоровался за руку, как взрослый, и с безразличным видом спросил:
— А наши уже все пришли? — ему очень хотелось узнать, пришла ли Машка.

For you, Sweetheart

Pashka carefully prepared for the disco. He washed from head to toe and spent a long time in front of the mirror: sometimes admiring his muscles, sometimes sticking out his tongue. But his hair was a real disaster: it stubbornly refused to obey him, sticking out every which way.

— Aaaargh! — he yelled at the mirror.
— Pashechka, is everything alright? — his mom was always nearby.
— Nothing's working! What am I supposed to do with it? — he threw the comb into the sink.

Mom smiled and tamed his hair in a minute.

— I love you, Mom! — Pashka couldn't stop admiring himself. — You're a magician!
— What an adult you are! — mom leaned against the door. — Have a date?
— Mom! — Pashka shuddered. — You say! "A date"! Just a disco.
— Ah, I see, — mom chuckled. — Just don't come home too late! And wear this shirt, it suits you so much.

Pashka hesitated for a moment, but then agreed with mom's choice.

— It's good that she's around. — he thought, and said aloud, — Thank you!

He was a little late to the disco. Some of the classmates were sitting on the school steps. Vit'ka was there too.

— Hey!
Pashka shook everyone's hands like an adult and asked indifferently:
— Have all our guys already showed up? — he really wanted to know if Mashka had come.

— Да. Девчонки уже танцуют. — Сашка от безделья щёлкал семечки. — Ого, какие юбки короткие! — мимо прошли две девчонки из параллельного класса.

— Ничё так. — Витька по-взрослому сплюнул. — В моём доме живут, — с гордостью сказал он.

— Круто! — Сашка явно позавидовал. В его доме жила только толстая Светка. — А спорим, я с кем-то из них потанцую! — Сашке очень этого хотелось, но сам он подойти к девчонкам боялся. А тут вроде бы и не сам, а на спор. Как-то легче.

— А спорим, я ту рыженькую домой проведу? — встрял Витька.

— А спорим! — Сашка протянул руку, Макс перебил.

Мальчишки оживились и дружно пошли в зал. Дискотека уже была в полном разгаре. Почти все танцевали. И Машка тоже. Тут вдруг заиграла медленная музыка. Девочки разошлись и встали под стенкой, а мальчики начали подзадоривать Сашку с Витькой:

— Ну давайте, чего встали! Слабо, да? — смеялись они.

— Зацените мастера! — Витька решился первым. Он подошёл к рыжей девчонке из параллельного класса. — Привет! Потанцуем? — предложил он с улыбкой победителя.

— Давай! — она тоже сияла от счастья: выбрали её, а не Светку.

Это придало Сашке смелости. Витьку не отшили, значит есть шанс. Он подошёл ко второй девочке:

— Ну что, пошли?

— Пошли.

— А как тебя зовут? — спросил Сашка, уже танцуя.

— Света, — засмущалась она.

— Света? — Сашка решил, что над ним издеваются. — Серьёзно?

— Хоть не толстая, — подумал он, а вслух добавил, — Какое красивое имя!

— Спасибо! — Света прикрыла от удовольствия глаза.

— Yeah, the girls are already dancing. — said Sashka, cracking sunflower seeds out of boredom. — Whoa, those skirts are crazy short! — as a couple girls from the parallel class strutted past.

— Eh, not bad. — Vit'ka spitted like an adult. — They live in my house, — he said proudly.

— Cool! — Sashka was clearly envious. Only fat Svetka lived in his house. — Wanna bet I'll dance with one of them! — Sashka really wanted to but was too scared to approach the girls himself. This way, it'd be easier, like a bet.

— Wanna bet I'll take that redhead home? — Vit'ka butted in.

— You're on! — Sashka held out his hand and Max cut in.

The boys perked up and headed into the hall together. The disco was already in full swing. Almost everyone was dancing. Mashka too. Suddenly, a slow song came on. The girls scattered and stood against the wall, so the boys started egging on Sashka and Vit'ka:

— C'mon, what are you waiting for? You chicken? — chortled they.

— Watch a whale! — Vit'ka risked going first. He approached a redheaded girl from the parallel class. — Hey, wanna dance? — he asked with a victorious smile.

— Sure! — she beamed with happiness: it was her who was picked up, not Svetka.

Sashka was encouraged. If Vit'ka didn't get rejected, he might have a chance too. He went up to the second girl:

— So, shall we?

— Okey.

— What's your name? — Sashka asked as they started dancing.

— Sveta, — she blushed.

— Sveta? — Sashka decided that he was being mocked. — Are you seriously?

— At least she's not fat, — he thought, then said out loud, — What a beautiful name!

— Thank you! — Sveta closed her eyes, pleased.

Машка ничего не понимала. Она думала, что Пашка её пригласит танцевать. Она так этого хотела, а он даже не смотрит в её сторону. Как обидно!

«Неужели я не такая красивая, как они? – думала Машка. – Может, кофточка некрасивая? Нет, это, наверное, причёска». Ей очень захотелось уйти.

Медленный танец закончился, в кругу танцевали уже все: и мальчишки, и девчонки. Машка двинулась к выходу.

– Маш, идем танцевать! – Олька, разгорячённая и счастливая, потащила её в круг.

Музыка и всеобщая эйфория сделали своё дело.

– Ну и подумаешь! Больно надо! – Машка вовсю отплясывала с блаженной улыбкой на лице.

Опять зазвучала медленная музыка, но Машке уже было всё равно. Она была счастлива!

– Маш, пойдём потанцуем! – раздался тихий голос позади. Она медленно повернулась: это был Пашка. Он протянул руку. Ладонь была слегка влажная и горячая, она крепко сжала её такую маленькую, как ей тогда показалось, ладошку. Машка натянулась как струна. Пашка – тоже. Так они и танцевали, пока музыка не затихла.

– Можно я тебя домой проведу? – спросил Пашка не своим голосом.

– Можно... – еле слышно ответила Машка, и мир вокруг как-то сразу сузился – только Он и Она.

Mashka didn't understand anything. She thought Pashka would ask her to dance. She wanted it so much, but he didn't even look her way. How hurtful!

"Am I not as pretty as them? – Mashka wondered. – Is it my blouse? No, probably my hair." She really wanted to leave.

The slow dance ended, and now everyone was dancing in a circle: the boys and girls. Mashka started heading for the exit.

– Masha let's go dance! – Olka, flushed and happy, dragged her into the circle.

The music and general euphoria did their job.

– Whatever! Who cares! – Mashka danced her heart out with a blissful smile.

The slow music started playing again, but Mashka didn't care anymore. She was so happy!

– Masha let's go dance! – a quiet voice came behind her. She slowly turned around: it was Pashka. He held out his hand. His palm was a little wet and hot, and it tightly gripped her small, as it seemed at that moment, her palm. Mashka was all tense. So was Pashka. In such a way they danced until the music faded away.
– Could I walk you home? – Pashka asked in a strange voice.
– Sure… – Mashka replied barely audibly, and the whole world somehow suddenly shrank – only He and She.

Они шли домой очень медленно. Молча. Пашка не знал, что говорить. Ему хотелось рассказать ей всё и сразу, но слова застряли где-то в горле и совсем не хотели выходить наружу. На улице было тепло и пахло недавним дождём... Пашка взял Машку за руку. Он вообще не понял, как это произошло: рука жила своей жизнью. Машка вздрогнула, сжавшись внутри в комочек, но руку не выдернула. Так они и дошли до её дома: медленно, молча и взявшись за руки.

— Пока! — Машка бросила на него счастливый взгляд.
— Пока! — чуть слышно ответил Пашка.

Машка скрылась за дверью, а Пашка не двинулся и долго стоял под её окнами. Он очень хотел хотя бы разок ещё увидеть её, но свет скоро потух, а Машка так и не выглянула.

***

«...А потом он провёл меня домой. Мы шли, взявшись за руки, и было так здорово! А когда я ложилась спать, я аккуратно, чтобы он не заметил, выглянула в окно. И Пашка всё ещё был там! Он такой красивый! Он мне очень нравится!..»

Да, помню, я очень старалась, чтобы Пашка, и тем более девчонки, не догадались, что он мне нравится. Я постоянно над ним смеялась, когда он подходил, или убегала. Мне казалось, что это самый надёжный способ отвести от себя подозрения. Какой же глупой я тогда была! Я сама же и отталкивала человека, который очень сильно меня любил. Я не видела его уже много лет, но он всё равно не выходит у меня из головы! Если бы можно было вернуться и всё изменить! До сих пор помню его глаза! Я в них тонула. Но мне постоянно казалось, что это он должен сделать первый шаг, но...

For you, Sweetheart

They walked home very slowly. In silence. Pashka didn't know what to say. He wanted to tell her everything at once, but the words got stuck in his throat and just didn't want to come out. It was warm outside and smelled of recent rain... Pashka took Mashka's hand. He didn't even understand how it happened: his hand had a mind of its own. Mashka shuddered, curling up inside, but didn't pull her hand away. That's how they reached her house: slowly, silently, holding hands.

— See you! — Mashka gave him a happy look.
— See you! — Pashka replied barely audibly.

Mashka disappeared behind the door, and Pashka didn't move, standing for a long time under her windows. He really wanted to see her at least one more time, but the light went out soon, and Masha didn't look out.

* * *

"...And then he walked me home. We were walking, holding hands, and it was so great! And when I was going to bed, I carefully peeked out the window, so he wouldn't notice. And Pashka was still there! He's so handsome! I really like him!.."

I do remember, I tried so hard to make sure Pashka, and the other girls too, didn't realize that I liked him. I would regularly laugh at him when he approached or run away. I believed that it was the reliable way to deflect any suspicions. How stupid I was back then! I pushed away the person who loved me very deeply. I haven't seen him in many years, but he still doesn't leave my mind! If only I could go back and change everything! I still remember his eyes! I was drowning in them. And I did believe that he should make the first move, but...

***

На следующий день все только и обсуждали дискотеку. И мальчишки совсем не уступали в этом девчонкам:

— Ну, крутая дискотека была! — Сашка весь светился. Он танцевал со Светой несколько медленных танцев, и это было нечто невообразимое.

— А я с рыжей целовался, когда домой провожал! — Все замерли. Витька был первый, кто целовался в их классе.

— Да врёшь ты всё! — Сашке стало обидно: и почему он не додумался поцеловать Светку?

— А вот и не вру! А вы целовались? — вдруг спросил он у Пашки.

Неожиданно для себя Пашка соврал:

— Да!

— Серьёзно? — Витька погрустнел. Он уже был не единственный, кто целовался. — Ну и как?

— Супер! — Пашка густо покраснел, подумав: «И зачем только я соврал?!»

— Слышь, Сивахина, а ты где целоваться научилась? — мальчишки громко засмеялись, а Пашка был готов провалиться сквозь землю.

— Идиоты! — Машка швырнула в них пенал, а на Пашку посмотрела полным недоумения взглядом: «Зачем?»

— Что, правда? — зашептались девчонки. — Ну, Машка, ты даёшь!

Девчонки увидели Пашку уже другими глазами: А Пашка ничего так, симпатичный!

***

The next day, everyone was talking about the disco. And the boys were no less excited about it than the girls:

— Yep, that disco was sick! — Sashka was beaming. He had danced a few slow dances with Svetka, and it was something unimaginable.
— And I kissed the redhead when I was walking her home! — Everyone froze. Vit'ka was the first one in their class to have kissed someone.
— No way, you're lying! — Sashka felt hurt: why didn't he think of kissing Svetka?
— No, I'm not! Did you kiss? — he suddenly asked Pashka.

Unexpected for himself, Pashka lied:

— We did!
— Seriously? — Vit'ka got a bit down. He was no longer the only one who had kissed someone. — So, how was it?
— Highly! — Pashka blushed deeply, wandering: "Why did I even lie about that?!"
— Hey, Sivakhina, where'd you learn to kiss, huh? — the boys laughed loudly, and Pashka just wanted the ground to swallow him up.
— Idiots! — Mashka threw a pencil case at them and took Pashka a glance of complete bewilderment: "Why?"
— What, really? — the girls whispered to each other. — Wow, Mashka!

The girls saw Pashka in a new light: Hey, he's kinda cute!

Обида на Пашку улеглась. Теперь Машка чувствовала себя королевой в классе, хотя иногда посматривала на обидчика с укором. А после уроков убежала домой так, чтобы он не заметил. Будет знать, как наговаривать! Пусть помучается!

И Пашка действительно мучился. Он везде искал Машку, но её нигде не было. Неужели не простила? Он же передал ей на уроке записочку: «Прости!». Машка прочитала её, аккуратно сложила и спрятала в кармашек. Но никак не показала, простила или нет. Пашка решил поговорить с ней после уроков, по дороге домой, но Машка исчезла. Он весь вечер проторчал под её окнами, но она так и не вышла и не выглянула.

***

«Здравствуй, дорогой дневничок!

Сегодня Пашка на весь класс сказал, что мы целовались. Все мальчишки смеялись. Зачем он так, ведь ничего же не было? Я думала, что он не такой, как все. Не хочу идти в школу, опять пацаны будут смеяться. Хотя все наши девчонки мне завидуют. Они ещё ни с кем не целовались, а Пашку считают красивым. Да, он хорошенький, но зачем он так? Интересно, а как это — целоваться? Язык не мешает? И почему он меня не поцеловал?..»

Я долго не могла уснуть. Меня раздирала обида. Ведь Пашка соврал, и мальчишки высмеяли меня. Как хорошо было бы больше никогда не видеть ни его, ни одноклассников. Лежать долго-долго под одеялом, укрывшись с головой, чтобы про меня все забыли.

The resentment towards Pashka subsided. Now she felt like the queen of the class, though she sometimes looked at the offender with reproach. After classes, she ran home so that he wouldn't notice. Will know how to slander! Let him stew a bit!

And Pashka was indeed stewing. He was looking for Mashka everywhere, but she was nowhere to be found. Did she really not forgive me? He had passed her a note in class: "I'm sorry!". Mashka had read it, carefully folded it, and put it in her pocket. But she didn't show any sign of whether she had forgiven him or not. Pashka decided to talk to her after school, on the way home, but Mashka disappeared. He spent the whole evening standing under her windows, but she never came out or looked out.

***

"*Dear diary!*

Today Pashka told the whole class that we kissed. All the boys were laughing. Why did he do that, when nothing happened? I believe, he is different. I don't want to go to school, the boys will just laugh at me again. Although, all the girls in our class are jealous of me. They haven't kissed anyone yet, and they think Pashka is cute. Yes, he is good-looking, but why did he do that? I wonder what is it like to kiss someone? Does the tongue get in the way? And why didn't he kiss me?.."

I couldn't sleep for a long time. I was torn apart by resentment. Pashka did lie and the boys mocked me. It would be so good to never see him or my classmates again. To stay in bad for a long, long time under the blanket, covered up to my head, so that everyone forgets about me.

Мама заглянула пару раз в комнату, я сказала ей, что у меня болит живот, и она разрешила мне не идти в школу на следующий день. Я лежала в темноте и слушала звуки улицы, которые становились всё реже и тише. Вспоминала, как Пашка провожал меня после дискотеки домой, становилось как-то теплее и спокойнее, и к середине ночи я заснула. Мне приснился целующий меня Пашка...

For you, Sweetheart

Mom peeked into the room a couple of times, I told her my stomach hurt, and she let me stay home from school the next day. I lay in the dark and listened to the sounds of the street, which were becoming rarer and quieter. I remembered how Pashka walked me home after the disco, and it became somehow warmer and calmer, and by the middle of the night I fell asleep. I dreamed that Pashka was kissing me...

= Вы прекрасны, девушка! =

В городе стояла невыносимая жара. Асфальт плавился на солнце, хотя был еще конец мая. Пашка с Витькой валялись на пляже, блаженно улыбаясь. По сути, только улыбки и были видны, всё остальное было старательно закопано в песок Сашкой и Максом. Они только что искупались в ещё прохладной воде, и горячий песок приятно согревал тело.

— Кайф... — промурлыкал Витька.
— Ага... — в тон ему отозвался Пашка.

«И зачем они злились друг на друга? Из-за девчонки? Подумаешь! Вот друг — это навсегда! Это ж Витька! Я же с ним дружу столько лет!», — думал Пашка. «Машка, конечно, красивая девчонка, но Витька — это ж друг!»

— Вить, ты это, извини, что я на футбол забил, — сказал Пашка. — Давай сегодня вечером мяч погоняем!
— Супер! Отличная идея! — поддержал Витька. — И ты меня извини, что на тебя наехал.
— В этом месте надо поцеловаться! — съязвил Сашка. — Так в кино показывают.
— Ну, всё, ты попал! — зарычал Витька. — Лови его, Пашка!

И все трое начали гонять по пляжу, а Макс хохотал, держась за живот.

— А-а-а-а, весело тебе! — подлетел к нему Пашка. — Пацаны, потащили его в воду!

= You are beautiful, young lady! =

The city was sweltering in unbearable heat. The asphalt was melting in the sun, even though it was still the end of May. Pashka and Vit'ka were lounging on the beach, blissfully smiling. Indeed, only smiles were visible, with everything else carefully buried in the sand by Sashka and Max. They had just taken a dip in the still cool water, and the hot sand pleasantly warmed their bodies.

– Kaif... – Vit'ka murmured.
– Yeah... – Pashka replied in kind.

"Man, why did they get mad at each other? Over some chick? Whatever! A real friend is forever! It's Vit'ka! We've been tight for ages!", – reckon Pashka. "Mashka's cute and all, but Vit'ka is a friend!"

– Vit, uh, I'm sorry that I bailed on the football, – said Pashka. – Let's kick the ball around tonight!
– Sick! Great idea! – Vit'ka supported him. – And I'm sorry I came at you like that earlier.
– This is where you two should kiss! – Sashka snarked. – That's how they do it in the movies.
– Oh, you're asking for it now! – Vit'ka growled. – Get him, Pashka!

The three of them took off chasing Max up and down the beach, while Max cracked up, clutching his sides.

– Haha, you think it's funny, huh? – Pashka rushed at him. – Guys let's drag him in the water!

И все трое, Пашка, Витька и Сашка, схватили Макса за руки и ноги и поволокли к воде.

— Тяжёлый какой! Ты что, у Светки бутерброды воруешь? — смеялся Сашка.

— Э-э-э-э, отпустите, я хороший! — вопил Макс, но его уже раскачивали над водой, и в следующую секунду Макс почувствовал бодрящую прохладу воды.

— Бежим! — скомандовал Витька. — Пока Макс не вынырнул, — и мальчишки побежали к вещам.

— Убью! — грозил им Макс из воды кулаком, покатываясь со смеху.

— Так ты что, с Сивахиной встречаешься? — спросил Витька, отдышавшись.

— Нет, — напрягся Пашка.

— А что так? Она вроде ничего так, и потом, вы ж с ней там целовались.

— Да надоело! — опять соврал Пашка.

— Понятно... — Витька глянул на него с сомнением и замолчал.

А у Пашки при воспоминании о Машке сжалось сердце. Её не было в школе, и он не знал почему. А главное, он не знал, как побороть страх, который мешал ему прийти к ней домой. Он крутился в её дворе, смотрел на окна, даже пару раз подходил к двери её парадного, но так и не открыл эту дверь. Страх сковывал, страх парализовывал. Он выл от собственного бессилия и ругал себя на чём свет стоит, но так и не решился на этот шаг.

Pashka, Vit'ka and Sashka grabbed Max's limbs and hauled him towards the waves.

– Dude, he's heavy! You been stealing Svetka's sandwiches or what? – Sashka laughed.
– Nooo, let me go, I'm good! – Max yelled, but they were already swinging him over the water, and the next second he hit the cool surf.
– Run! – Vit'ka yelled. – Before Max comes up, – the boys raced back to their stuff.
– I'll kill you! – Max threatened from the water, cracking up.
– So, you and Sivakhina, you guys a thing? – Vit'ka asked, catching his breath.
– Nah, – Pashka tensed up.
– Why not? She's alright, and you two were supposed to have kissed.
– Dull! – Pashka lied again.
– Get it... – Vit'ka eyed him sceptically and fell silent.

Pashka's heart ached when he thought of Mashka. She wasn't at school, and he didn't know why. Most importantly, he didn't know how to overcome the fear that prevented him from coming to her house. He hung around her yard, looked at the windows, even approached the door to her entrance a couple of times, but never opened it. Fear gripped him, fear paralyzed him. He howled with his own helplessness and cursed himself, but still didn't dare take that step.

А у Машки действительно разболелся живот. Она проснулась утром от ноющей боли внизу живота. Ей казалось, что её скрутило пополам, и это навсегда… Машка забыла про Пашку, про мальчишек и дурацкие поцелуи. Хотелось плакать и забиться котёнком под одеяло.

Мама дала обезболивающую таблетку и убежала на работу, сказав, что попозже перезвонит. Через пару часов стало немного легче, и Машка решила выпить чаю.

В дверь позвонили. Странно, все ещё в школе, а мама недавно ушла…

– Кто там? – спросила Машка. Ей как-то резко захотелось забраться под одеяло.
– Я, – раздался голос Оли.
– Привет, ты куда пропала? – Оля была полна энергии. – Я так и поняла, что ты решила прогулять уроки сегодня. Разве можно учиться в такую жару! Полкласса не пришло.
– Проходи, – Машка потопала на кухню.
– Ой, что это, у тебя кровь на заднице! – Олька застыла на месте.
– Где? – от удивления и Машка замерла.
– Ну вот, у тебя вся ночнушка на заднице в крови!
Машка перекрутила ночнушку. И правда – кровь. Теперь всё встало на свои места, вот почему так болит живот.
– Оль, у меня, кажется, месячные начались… – растерянно сказала Машка.
– Кажется? Или вправду?
– Слушай, давай я в душ схожу, а ты, будь другом, чай сделай.
– Окей. Ну, поздравляю! А у меня ещё нет, – погрустнела Олька.
– Скоро! – подбодрила её Машка и пошлепала в душ.

And Mashka's tummy really did hurt. She woke up in the morning with a nagging pain in the lower abdomen. It seemed to her that she was twisted in half, and it would last forever... Mashka forgot about Pashka, the boys, and the silly kisses. She wanted to cry and curl up like a kitten under the blanket.

Mom gave her a painkiller and rushed off to work, saying she would call back later. A couple of hours later, Mashka felt a little better and decided to have some tea.

The doorbell rang. Strange, everyone was still at school, and Mom had just left...

– Who is it? – Mashka asked. She suddenly had a strong urge to crawl under the blanket.
– It's me, – Olya's voice came.
– Hey, where'd you run off to? – Olya was full of energy. – I figured you decided to skip classes today. How can you study in this heat! Half the class didn't show up.
– Come in, – Mashka shuffled to the kitchen.
– Whoa, what's that, you got blood back there or something! – Olka froze in place.
– Where? – Mashka froze in surprise too.
– Right here, you have blood all over the butt of your nightgown!
Mashka twisted the nightgown around. Sure enough - blood. Now everything fell into place, this is why her tummy hurt so much.
– Ol, I think... I think my periods started... – Mashka said confusedly.
– Think? Or sure?
– Listen, let me go take a shower, and you, be a dear, make some tea.
– Okey. Well, congratulations! Mine haven't started yet, – Olka got a bit sad.
– Soon! – Mashka encouraged her and shuffled off to the shower.

Хорошо, что мама заранее купила прокладки. Она уже рассказала ей про месячные и как соблюдать гигиену, но именно сейчас Машка ничего не соображала. Она растерянно села на краешек ванны. Очень хотелось плакать, но слёзы почему-то не текли.

— Ну, что такое?! — Машке хотелось выть.

Она встала под душ. Вода сделала своё дело. Тело размякло, голова просветлела. Машка даже улыбнулась себе в зеркало:

— Ну, здравствуй, девушка! — подмигнула она своему отражению. Ещё пару минут мучений с прокладкой, и Машка вышла из душа другим человеком.
— Вау! — воскликнула Олька. — Ты что там, живой водой мылась? Прямо расцвела вся! Садись чай пить!

В дверь опять позвонили.

— Кто это опять? — удивилась Машка. — Прямо проходной двор сегодня.

На пороге стоял... Витька.

— Привет! — Машкины брови полезли на лоб.
— Витька?! Каким ветром? — Олька выглянула из кухни. — Проходи, у нас как раз чаёк готов.
— О, спасибо! — Витька не заставил себя долго уговаривать и прошёл мимо Машки прямо на кухню.

Машка стояла у двери, обалдевшая. Что происходит? И как на всё это реагировать?

It was so good that Mom had bought pads in advance. She had already told Mashka about periods and how to maintain hygiene, but right now Mashka wasn't thinking clearly. She sat down on the edge of the tub, confused. She really wanted to cry, but the tears just wouldn't come.

– What's wrong with me?! – Mashka wanted to howl.

She stepped into the shower. The water did its job. Her body relaxed; her head cleared. Mashka even smiled at her reflection in the mirror:

– Well, hello young lady! – she winked at her reflection. A couple more minutes of torture with the pad, and Mashka emerged from the shower a different person.
– Wow! – Olka exclaimed. – What, did you bathe in the fountain of youth? You're positively glowing! Come have some tea.

The doorbell rang again.

– Who could that be now? – Mashka was surprised. – It's just a walk-through apartment today.

On the threshold stood… Vit'ka.

– Hi! – Mashka's eyebrows shot up.
– Vit'ka?! What wind blew you in? – Olka poked her head out of the kitchen. – Come on in, we've got some nice hot tea ready.
– Oh, thanks! – Vit'ka didn't need much convincing and walked past Mashka straight into the kitchen.

Mashka stood at the door, dumbfounded. What's going on? And how was she supposed to react to all this?

— Ма-ш-а-а-а! — Оля позвала её из чрева кухни. Машка вздрогнула и глянула на себя в зеркало. И увидела не Машку с косичкой, а красивую девушку с глазами... она не знала, что было не так с её глазами, но они были другими, как будто она повзрослела за одну ночь. Машка любовалась своим отражением. Невозможно было отвести взгляд.

— Ма-ш-а-а-а! — Оля не унималась. Она не отстанет.
— Иду!

Они сидели за столом, попивая чай. Витька согревал чашку ладонями, вроде за окном была метель, а не жара. Он поднял на Машу глаза и обомлел. Как он раньше не замечал, насколько она прекрасна! И куда только он смотрел! Он понял, что влюбился. Сейчас. Здесь. Бесповоротно. В груди что-то кольнуло и замерло. Он смотрел на неё широко раскрытыми глазами и невпопад предложил:

— Хочешь чаю?
— Спасибо! — скорчила гримасу Машка. — Вообще-то я у себя дома. И Оля уже сделала.
— Ага... — Витька сидел с идиотским выражением лица.
— Ты откуда взялся? — спросила Оля. — Тоже школу прогуливаешь?
— Да так, шёл мимо, дай, думаю, зайду. Человека в школе не было, может заболел, может что надо. Тебе что-то надо? — спросил Витька, обращаясь уже к Машке.
— Шоколадку хочу! — зачем-то ляпнула она. Хотя почему «зачем-то»? Она действительно захотела шоколад. Очень. Чёрного. Горького.
— Э-э-э-э, хорошо, сейчас принесу, — Витьке совсем не хотелось бежать за шоколадкой, но он не мог ей отказать.

– Ma-sha-a-a! – Olka called her from the depths of the kitchen. Mashka flinched and glanced at herself in the mirror. And she saw not Mashka with braids, but a beautiful girl with eyes... she didn't know what was different about her eyes, but they were changed, as if she had grown up overnight. Mashka admired her reflection. It was impossible to look away.

– Ma-sha-a-a! – Olya persisted. She wouldn't let up.
– Coming!

They sat at the table, sipping their tea. Vit'ka warmed his cup with his palms, as if there was a blizzard outside instead of heat. He looked up at Masha and was stunned. How had he never noticed before how beautiful she was! And where had he been looking all this time! He realized he had fallen in love. Right now. Here. Irrevocably. Something pricked and froze in his chest. He stared at her with wide eyes and blurted out:

– Want some tea?
– No thanks! – Mashka grimaced. – In case you haven't noticed, I'm in my own house. And Olya has already made some.
– Ok... – Vit'ka sat with an idiotic expression on his face.
– Where did you come from? – Olya asked. – Skipping school too?
– Ah, I was just walking by, thought I'd stop in. She wasn't at school, maybe sick, maybe needs something. Do you need anything? – Vit'ka asked, addressing Mashka.
– Wanna some chocolate! – she blurted out for some reason. Although, why "for some reason"? She really wanted chocolate. Very much so. Dark. Bitter.
– Uh-uh, okey, I'll get it, – Vit'ka didn't really want to run for the chocolate, but he couldn't refuse her.

Гость поставил на стол чашку с недопитым чаем и вышел:

— Я дверь захлопну, не вставайте!
— Ничё себе! — Машке показалось, что Олька даже присвистнула. Или не показалось?
— Машунь, я тебя не узнаю! Ты прямо другая! Ты из-за мальчишек так расстроилась? Я вообще Витьку не понимаю: то смеётся над тобой, то за шоколадкой побежал! Вас как подменили! А Пашка приходил?
— Нет.
— Как нет? Вы же с ним встречаетесь?
— Нет.
— Как? Но вы же целовались и всё такое! — не унималась Оля.
— Нет. Не целовались. — Машка сидела, смотря в одну точку.
— Не-е-т? Он что, соврал? Вот козёл! — Оля обиделась за подругу. — Слушай, а давай чай допьём и пойдём прогуляемся? А?
— Давай… — Машке не хотелось говорить ни про Пашку, ни про поцелуи. На кухню заглядывало майское солнце, и девочки грелись в его лучах, как две кошечки. Даже неуёмная Олька замолчала, подставляя свою мордочку солнцу. Хотелось так сидеть долго-долго и не шевелиться. Какое же это счастье, забыть на время обо всём и отдаться природе: только ты, тепло и солнце…

В дверь позвонили. Девчонки вздрогнули от неожиданности.

— Это Витька, — выдохнула Олька, — иди, открой.
— Доставка шоколада! — на пороге стоял счастливый Витька, держа в руках большую плитку шоколада. Чёрного. Горького.
— Спасибо! — Машка обняла его и чмокнула в щёчку — неожиданно и для себя, и для Витьки. На секунду оба растерялись.
— Э, пожалуйста… — Витька топтался на месте, почёсывая за ухом, которое предательски покраснело.

For you, Sweetheart

The visitor set a cup of unfinished tea on the table and left:

– I'll shut the door, don't get up!
– What's going on? – It seemed to Mashka that Olka even whistled. Or didn't it seem like that?
– Mashun, I don't recognize you! You're completely different! Are you upset because of the boys? I can't get Vit'ka: he laughs at you, then runs for chocolate! You've been changed! And did Pashka came?
– Didn't.
– No? You date, don't you?
– Don't.
– Don't? But you two were kissing and all that! – Olya did not let up.
– No. We didn't kiss. – Mashka sat staring at one point.
– Nooo? Did he lie? Assholl! – Olya was upset for her friend. – Listen, let's finish our tea and go for a walk?
– Okey... – Mashka didn't want to talk about Pashka or the kisses. The kitchen was lit by the May sun, and the girls warmed up in its rays like two kittens. Even tireless Olka fell silent, exposing her face to the sun. Mashka wanted to sit there for a long time and don't move. What a happiness it is, to forget everything for a while and surrender to nature: just you, warmth, and the sun...

The doorbell rang. The girls jumped in surprise.

– It's Vit'ka, – Olka exhaled, – go, open it.
– Chocolate delivery! – a happy Vit'ka stood on the threshold, holding a large bar of chocolate in his hands. Black. Bitter.
– Thank you! – Mashka hugged him and kissed him on the cheek – unexpectedly for both of them. For a moment, they were both stunned.
– Ah, no bother... – Vit'ka stood rooted to the spot, nervously scratching his ear that had betrayed him by turning red.

— Ты проходи, проходи, — поманила его Машка на кухню, и Витька как заколдованный пошёл за ней.

— «Пропал человек», — подумала Олька, всмотревшись в осоловевшие глаза Витьки.

Они молча ели шоколад, который быстро таял на солнце.

— Я Пашку во дворе встретил, — вдруг прервал тишину Витька. Девочки переглянулись.

— А что он тут делает? — спросила Оля, а Маша продолжала невозмутимо есть шоколад.

— Говорит, просто гулял. Я ему, мол, пошли к Машке в гости, там и Олька, а он: «Да ну, что там делать…»

— Шоколад есть, — сухо заметила Маша.

— Во-во, — засмеялся Витька.

— Ну что, пойдём в парк прогуляемся? — вмешалась Оля.

— Отличная идея! — поддержала её Маша.

Все трое вышли во двор, но Пашки там уже не было. Машке очень хотелось его увидеть, но что-то внутри заставило её улыбнуться и высоко вскинуть голову.

«Королева!» — восхищённо подумал Витька.

– Come in, come in, – Mashka beckoned him into the kitchen, and Vit'ka followed her like a spellbound.
– "Lost", – Olka thought, looking into Vit'ka's dazed eyes.

They ate the chocolate in silence, which quickly melted in the sun.

– I met Pashka in the yard, – Vit'ka suddenly broke the silence. The girls exchanged glances.
– What's he doing here? – Olya asked, and Masha continued to calmly eat chocolate.
– He says he was just walking. I told him to come to Masha's place, and he said, 'What's the point?"
– To have some chocolate, – Masha noted dryly.
– Exactly, – Vit'ka laughed.
– Let's go for a walk in the park. – Olya interrupted.
– Great idea! – Masha agreed.

The three of them went out into the yard, but Pashka was already gone. Mashka wanted to see him very much, but something inside made her smile and lift her head high.

«A queen!» – Vit'ka thought admiringly.

***

«Здравствуй, дорогой дневничок!

Сегодня у меня начались месячные. Я стала девушкой! С ума сойти. До этого я думала, что, когда они начнутся, я истеку кровью. Мне было страшно. А вдруг это в школе начнётся, а я такая стою в луже крови. Пипец! А там — совсем чуть-чуть крови. И не страшно. Хорошо, что я дома была. Живот, конечно, болел, но мама дала таблетку, и всё прошло. А потом пришли Олька с Витькой и стало легче. Странно, что пришёл Витька, а не Пашка. Так хотелось его увидеть! Но Витька молодец, сбегал за шоколадом. И главное, он принёс мой любимый шоколад. Мистика!..»

Это был удивительный, странный день. Хорошо, что ребята своей болтовнёй отвлекли меня от тяжких мыслей, а то бы я в них утонула. Помню, ужасно, до комка в горле, была обижена на Пашку за то, что он не зашёл ко мне в гости. Но я не хотела, чтобы Оля с Витей об этом догадались. И гордо улыбнулась, улыбнулась себе и миру. Наверное, это была одна из первых побед над собой. И мир откликнулся. В парке я встретила Лёшу.

— Вы прекрасны, девушка! — сказал он мне, когда мы поравнялись, и прямо застыл на месте, с восхищением глядя на меня.

Это было как бальзам на душу. «Интересно, откуда он знает?», — подумала я. Но, наверное, внутреннее ощущение «взрослости» сквозило и в моих движениях, и во взгляде.

***

"Dear diary!

Today, I got my periods. I became a young lady! I'm going crazy. Before this, I believed when it starts, I'd bleed like a fountain. I was scared. What if it starts in school, and I'm standing in a puddle of blood? Wow! But it was just a little bit of blood. And it wasn't scary. It's good I was at home. My tummy was hurting, but Mom gave me a pill, and it was over. Then Olka and Vit'ka came, and it got better. It's strange that Vit'ka came and not Pashka. I did want to see him! But Vit'ka is great, he ran for the chocolate. And the main, he brought my favourited chocolate. Mystery..."

It was an amazing, strange day. I'm glad that the guys distracted me from my heavy thoughts with their chatter, otherwise I would have drowned in them. I remember being horribly offended at Pashka for not coming to visit me, up to a lump in my throat. But I didn't want Olya and Vitya to guess about it. So, I smiled proudly, smiled at myself and the world. That was probably one of my first victories over myself. And the world responded. In the park, I met Lyosha.

– You're beautiful, young lady! – he said to me as we passed each other, and just froze on the spot, gazing at me in awe.

It was like a balm for my soul. "I wonder how he knows?", – I thought. But, probably, the inside feeling of "adulthood" was evident both in my movements and in my gaze.

— А как Вас зовут? – спросил он, улыбнувшись.
— Маша, – промурлыкала я, улыбнувшись в ответ.
— А меня Лёша зовут. Можно с Вами прогуляться?
— Можно.

Витька сразу накуксился и недовольно засопел. А Олька оживилась и протянула руку:

— А меня Оля зовут.
— Очень приятно. Лёша.
— Алексей, – протянул он руку Витьке.
— Виктор. – Витька постарался как можно увереннее пожать руку. – А что один гуляешь? Где девушка?

Мы с Олькой напряглись.

— Девушки нет. – Мы переглянулись. – А я с тренировки возвращаюсь. Погода хорошая, вот я и решил парком прогуляться.
— А где тренируешься? – Витька сразу представил себе что-то типа каратэ и ещё больше насупился. Он не очень хорошо дрался, а тут, похоже, конкурент нарисовался.
— Баскетбол в соседней школе.

Мы посмотрели на него по-новому. Лёша действительно был очень высокий, со спортивной фигурой. Олька захлопала ресницами, а я вытянула шею, как бы стараясь дотянуться. Витька тихо выдохнул с облегчением.

«Интересно, а как с ним целоваться, – помню, подумала я, – с табуреточкой ходить?»

— And what's your name? — he asked, smiling.
— Masha, — I purred, smiling back.
— And I'm Lyosha. Can I join you for a walk?
— Sure.

Vit'ka immediately sulked and snorted in displeasure. And Olka perked up and held out her hand:

— And I'm Olya.
— Pleased to meet you. Lyosha.
— Alexei, — he extended his hand to Vit'ka.
— Viktor. — Vit'ka tried to shake his hand as confidently as possible. — And what, walking alone? Where's the girlfriend?

Me and Olka tensed up.

— No girlfriend. — We exchanged glances. — I'm just coming back from practice. The weather's nice, so I decided to take a walk in the park.
— And where do you practice? — Vit'ka immediately pictured something like karate and frowned even more. He wasn't a very good fighter, and now it looked like he had a competitor.
— Basketball at the neighbouring school.

We looked at him in a new light. Lyosha was really tall, with an athletic build. Olka batted her eyelashes, and I stretched my neck, as if trying to reach up. Vit'ka quietly exhaled in relief.

"I wonder how it would be to kiss him, — I remember thinking, — walking around on a stool?"

Я тогда постоянно думала про поцелуи. Сейчас я понимаю, что это, наверное, давали себя знать гормоны. Но тогда я считала, что во всём был виноват Пашка, который внёс мне в голову, что пора уже с кем-то целоваться. Я очень хотела попробовать, но ужасно боялась. А как это: целоваться? А вдруг не получится? А это не противно? А язык не мешает?.. Всё получилось, было приятно, а не противно, и язык не мешал. Но это было потом...

Лёша пошёл провожать меня домой. Уже начало темнеть и становилось прохладно.

— Замёрзла? Возьми мою куртку, — Лёша снял её и отдал мне.

— Спасибо! — куртка ещё хранила тепло его тела, и это было вдвойне приятно. Я потянула носом, вдыхая его запах — приятный, без примесей дезодоранта. Во мне что-то шевельнулось.

С Лёшей всё было по-другому, не как с Пашей. Легко и непринуждённо. Он всю дорогу болтал о своих тренировках с таким увлечением, что нельзя было сдержать улыбку. Лёша был старше меня года на три-четыре, и он казался мне таким взрослым, таким умным, не сравнить с мальчишками в классе.

— Пришли. Вот мой дом, — я мягко улыбнулась и отдала ему куртку. — Пока.

— Давай завтра сходим куда-нибудь, погуляем? — спросил Лёша с надеждой.

— Давай. Завтра здесь в шесть.

Глаза Лёши засияли. Он наклонился и поцеловал меня в щёку. Я невольно коснулась щеки рукой, как будто поцелуй можно было прочувствовать пальцами.

I was constantly thinking about kisses back then. Now I understand that it was probably the hormones making themselves known. But then I blamed Pashka for putting the idea in my head that it was time to kiss someone. I really wanted to try, but I was terribly afraid. What's it like, kissing? What if it doesn't work out? What if it's gross? Does the tongue get in the way?... It all worked out, it was pleasant, not gross, and the tongue didn't get in the way. But that was later...

Lyosha went to walk me home. It was starting to get dark and cool.

— Are you cold? Take my jacket, — Lyosha took it off and gave it to me.
— Thank you! — the jacket still held the warmth of his body, and that was doubly pleasant. I took a deep breath, inhaling his scent — pleasant, without any deodorant. Something stirred inside me.

With Lyosha, everything was different, not like with Pasha. Easy and relaxed. He chatted about his practices with such enthusiasm that I couldn't help but smile. Lyosha was a few years elder than me, and he seemed so mature, so smart, not like the boys in my class.

— We're here. That's my house, — I smiled softly and gave him back the jacket. — Bye.
— Let's go somewhere tomorrow, take a walk? — asked Lyosha with a hope.
— Sure. Here at six tomorrow.

Lyosha's eyes lit up. He leaned in and kissed me on the cheek. I involuntarily touched my cheek with my hand, as if I could feel the kiss with my fingers.

— Пока, до завтра, — я медленно развернулась и пошла домой, продолжая держать руку на щеке.

— Пока, — Лёша помахал вслед.

Мама встретила меня дома, взволнованно махая руками. Где я была? Как живот? Почему так поздно? Но когда я ей рассказала, ЧТО сегодня произошло, обняла и долго не отпускала.

Семейный ужин затянулся. Всем было почему-то очень хорошо, и никто не хотел расходиться. Даже папа, обычно серьёзный и уставший, сыпал шутками.

А я в тот вечер опять долго не могла уснуть. Всё трогала щёку, пытаясь вернуть приятное ощущение поцелуя.

For you, Sweetheart

– See you tomorrow, – I slowly turned and went home, keeping my hand on my cheek.

– See you, – Lyosha waved after me.

Mom met me at home, waving her hands anxiously. Where had I been? How was my tummy? Why so late? But when I told her what had happened today, she hugged me and didn't let go for a long time.

The family dinner dragged on. For some reason, everyone was in such a good mood, and no one wanted to leave. Even Dad, usually serious and tired, was cracking jokes.

And that evening, I couldn't fall asleep for a long time again. I kept touching my cheek, trying to recapture the pleasant feeling of the kiss.

= Первый поцелуй =

Лёша был единственным ребёнком в семье. И очень любимым. Его с младенчества обожали все домашние, а уж бабушка с дедушкой души в нём не чаяли.

— Съешь ещё оладушек, Алёшенька, только что пожарила, — ворковала бабушка, порхая вокруг внучка. — Смотри, какой ты худенький!

И Лёша ел, ел с большим удовольствием. Он очень любил бабушку, оладушки — и весь мир вокруг. У него вообще всё складывалось легко и замечательно, а если вдруг что, то любящая семья всегда была рядом. И можно было бы даже позавидовать Лёше, если бы только не одно «но». Как-то у него совсем не складывалось с девушками. Ну, совсем. Вернее, девушки были, и они его любили. Ну как можно не любить такого милого плюшевого медвежонка? Некоторые мальчишки ему даже завидовали. Девчонки легко с ним общались, а Лёха сиял своей улыбкой в их обществе. Но Лёше хотелось большего. Просто общения с подружками ему уже было мало. Он хотел касаться их, обнимать, не говоря уже о большем. Но страх спугнуть их, а тем более прослыть неумёхой сдерживал его от активных действий. И чем больше он себя сдерживал, тем труднее становилось ему выпутаться из этой ситуации. И тем больше он увязал в своих переживаниях.

Однажды, когда Лёха выпускал пар, гоняя в баскетбол во дворе, его окликнул незнакомый мужчина.

= First kiss =

Lyosha was an only child. And a very beloved one at that. From infancy, he was adored by his whole family, and his grandparents doted on him.

– Eat one more pancake, Alyoshenka, I just made them, – his grandmother would coo, fluttering around her grandson. – Look how skinny you are!

And Lyosha ate, ate with great pleasure. He loved his grandma, the pancakes – and the whole world around him. Everything just seemed to fall into place so easily and wonderfully for him, and if anything, ever went wrong, his loving family was always there. One could even be envious of Lyosha, if not for one "but". He just couldn't seem to make things work with girls. No thing. Well, he had girls as friends, and they loved him. How could you not love such a sweet, cuddly teddy bear? Even some of the boys envied him. The girls chatted with him easily, and Lyoha would beam his smile in their company. But Lyoha wanted more. Simple friendship with the girls was no longer enough. He wanted to touch them, to hug them, not to mention anything beyond that. But the fear of scaring them off, or even worse, being seen as an amateur, held him back from taking any real action. And the more he restrained himself, the harder it became for him to extricate himself from the situation. And the more he got mired in his own worries.

One day, when Lyoha was blowing off steam by playing basketball in the yard, a stranger called out to him.

— Привет! У тебя здорово получается! Молодец!
— Спасибо. — Лёхе понравилось, что его оценили.
— Как тебя зовут?
— Лёха.
— Алексей, значит. А меня — Пётр Иванович. Я тренер по баскетболу в 35-й школе. Приходи ко мне тренироваться. Я думаю, из тебя будет толк!
— Ладно, приду.

Баскетбол увлёк Лёху. Ему нравились ребята из команды, нравился тренер, который был ему как второй отец. Пётр Иванович поддерживал их во всём, но и спуску не давал.

— Лёша, ну что ты плаваешь лебедем?! Активнее давай! — кричал он на площадке.

И Лёха старался: бежал, пробивал, забивал. Он чувствовал, что меняется, что игра оттачивает его характер. И ему нравился этот новый Лёха, ему нравилось чувствовать и контролировать игру. А ещё ему нравилось, что благодаря ежедневным тренировкам его тело тоже начало меняться, приобретать новые соблазнительные мужские формы. И в глазах девчонок появился интерес, неведомый до сих пор «медвежонку», а некоторые подружки стали с ним явно заигрывать.

Но у Лёхи не было никакого сексуального опыта, он даже ещё ни с кем не целовался. И страх опозориться заставлял держать девчонок на расстоянии, что ещё больше их раззадоривало.

Однажды, после очередной тренировки, Лёха с Алексом сидели на ступеньках у входа в школу.

For you, Sweetheart

— Hey! You're really good at that! Nice job!
— Thanks. — Lyoha was pleased that his skills were recognized.
— What's your name?
— Lyoha.
— Alexei, then. And I'm Pyotr Ivanovich. I'm the basketball coach at School 35. Come train with me. I think you've got real potential!
— Okay, I'll come.

Basketball captivated Lyoha. He liked the guys on the team, and he liked the coach, who was like a second father to him. Pyotr Ivanovich supported them in everything, but he also didn't let them slack off.

— Lyosha, what are you, swimming like a swan?! Pick up the pace! — he'd yell on the court.

And Lyoha would try his best: running, shooting, scoring. He felt himself changing, the game honing his character. And he liked this new Lyoha, he liked feeling and controlling the game. And he also liked that thanks to the daily practices, his body was starting to change too, acquiring new, alluring masculine forms. And a new interest appeared in the girls' eyes, unknown to the "teddy bear" until now, and some of the girls started flirting with him outright.

But Lyoha had no sexual experience whatsoever, he hadn't even kissed anyone yet. And the fear of embarrassing himself made him keep the girls at a distance, which only further piqued their interest.

One day, after a practice, Lyoha and Alex were sitting on the steps outside the school.

— Ты знаешь, у меня не было ещё ни одной девчонки, —разоткровенничался Лёха.

— А по тебе и не скажешь. — Алекс слегка удивился.

— А у тебя?

— Да было дело, встречался с девушкой, потом расстались. — Алекс вздохнул и грустно улыбнулся.

— И как ОНО? – Лёха густо покраснел.

— Тебе понравится, – засмеялся Алекс.

— Я боюсь опозориться, – выдохнул Лёха. – Девчонки в школе думают, что я супер мачо. И мне от этого ещё страшнее. Я даже целоваться не умею, не говоря уже об остальном. Меня все засмеют, – выпалил Лёха на одном дыхании.

Алекс даже рот открыл от такого откровения:

— Ты, это, не горячись. — Алекс задумался. — Тебе надо познакомиться с кем-то. Найди девушку, которая тебя не знает. Ходи, присматривайся. Познакомишься, туда-сюда, может всё и склеится. Нет – пробуй дальше. Ты парень общительный, девчонкам нравишься, так что проблем не будет.

— Слушай — это же суперидея! — восхищённо воскликнул Леша. – А как я пойму, что пора целоваться?

— Да, брат. Поспешишь – она решит, что ты несерьёзный, только играешь с ней. Затянешь – решит, что она тебя не привлекает. И в том, и в другом случае помашет тебе ручкой. Ещё и всем расскажет, что ты либо импотент, либо извращенец, – засмеялся Алекс.

— Круто... И как тогда быть? – Лёха совсем запутался. – Что за мозги у этих девушек? Целуешь – плохо, не целуешь – ещё хуже! – Лёха почесал за ухом.

– You know, I've never had a girlfriend, – Lyoha confided.
– Really? You don't seem like it. – Alex was a bit surprised.
– You?
– Well, I did date a girl for a while, but then we broke up. – Alex sighed and gave a sad smile.
– And how WAS it? – Lyoha blushed deeply.
– You'll like it, – Alex laughed.
– I'm really scared of screwing up, – Lyoha breathed out. – The girls at school think I'm some kind of super macho guy. And that just makes me even more scared. I don't even know how to kiss, let alone anything else. Everyone's gonna laugh at me, – Lyoha blurted out in one breath.

Alex even opened his mouth in surprise at such candour:

– Hey, take it easy. – Alex pondered. – You need to meet someone new. Find a girl who doesn't know you. Go around, take a look. Get to know her, see what happens. If not, try again. You're a sociable guy, the girls like you, so you won't have any problems.
– Hey, that's a super idea! – Lyoha exclaimed admiringly. – And how will I know when it's time to kiss?
– Ye, man. Move too fast, and she'll think you're not serious, just playing with her. Take too long, and she'll think you're not attracted to her. Either way, she'll wave goodbye. And she might even tell everyone you're either impotent or a pervert, – Alex laughed.
– Great... And what to do then? – Lyoha was completely confused. – What's with these girls' brains? To kiss - bad, don't kiss – even worse! – Lyoha scratched his ear.

— Э, брат, для этого у тебя есть сердце! — Алекс загадочно улыбнулся. — Только оно тебе подскажет, как правильно. Когда ты её почувствуешь, а она тебя, когда ваши губы притянутся магнитом, это будет самое правильное время.

— Магнитом... — повторил эхом Лёха. — Ты говоришь прямо как секс-гуру. Книг начитался?

— Начитался... — ответил Алекс всё тем же загадочным тоном.

— А почему ты с девушкой расстался? — Лёхе было очень интересно, ведь Алекс никогда не рассказывал про свои любовные похождения.

Наступило молчание. Алекс уставился на свою кроссовку, как будто первый раз увидел: стоптанная, видавшая виды. Губы его скривились.

— Ты понимаешь, — наконец выдавил из себя Алекс, — я сам толком не могу объяснить. — Он начал пинать камешек между ногами, а Лёха смотрел на игру не отрываясь. — Мы долго встречались, почти год. Она красивая. Очень. И у нас было всё. А потом она стала как-то меняться, я даже не понял, когда это произошло. Её стало слишком много. Слишком. — Алекс пнул изо всей силы камешек. — Она хотела, чтобы мы постоянно были вместе, целыми днями. Понимаешь? Поначалу это был даже кайф. Мне тоже очень хотелось постоянно видеть её, слышать её голос, касаться её. Но я же пацан, понимаешь! Я же не могу целыми днями в обнимашки играть! Она стала обижаться, требовать ещё больше обнимашек...

— Она за тобой, ты — от неё, она за тобой, ты — от неё...

– Eh, man, that's what your heart is for! – Alex smiled mysteriously. – It's the only thing that will tell you how to do it right. When you feel her, and she feels you, when your lips are drawn together like magnets, that will be the perfect time.
– Like magnets... – Lyoha echoed. – You're talking just like a sex guru. You been hitting the books too hard, ain't ya?
– Yep... – Alex replied with the same mysteriously tone.
– Why did you break up with your girlfriend? – Lyoha was very curious, as Alex had never talked about his love affairs before.

There was silence. Alex stared at his sneaker, as if seeing it for the first time: worn out, seen better days. His lips curled into a sneer.

– You know, – Alex finally managed to say, – I can't even explain it myself. – He started kicking a pebble between his legs, and Lyoha watched the game without taking his eyes off. – We were together for a long time, almost a year. She's beautiful. Very. And we had everything. But then she started changing, I didn't even notice when it happened. She wanted too much. Too much. – Alex kicked the pebble with all his might. – She wanted us to be together all the time, all days. You understand? At first, it was even fun. I wanted to be with her all the time, hear her voice, touch her. But I'm a guy, you know? I can't sit around holding hands all day! She started getting upset, demanding more hugs...
– She's to you, you're away, she's to you, you're away...

— Да, да... Ну не могу же я целыми днями возле юбки сидеть! Я на игру, она за мной! Ё-моё! Да иди с девчонками погуляй! Не-е-е-т! Ну, короче, меня это взбесило, я её бросил. Так она меня потом ещё несколько месяцев доставала: вернись, люблю, всё прощу. А я от неё бегаю. Кошмар!

— Да-а-а-а... А кто-то о такой любви мечтает... — задумчиво произнёс Лёха. — Чтоб девчонка как кошка за тобой ходила...

— Но не я, — засмеялся Алекс.

В тот вечер Лёха возвращался домой в приподнятом настроении, поверив в себя и свои силы и предвкушая скорую близость с девушкой. И да, в парке он встретил Её. Машка плыла ему навстречу, и Лёхе показалось, что она излучает сказочный свет. «Фея», — подумал он и пошёл за ней как околдованный.

***

«Здравствуй, дорогой дневничок!

По-моему, я влюбилась! Его зовут Лёша. Мы познакомились в парке, в тот день, когда у меня начались месячные. Он первый, кто назвал меня «девушка»! Как он угадал? У меня вообще такое чувство, что я знаю его долго-долго. Сейчас он уехал на всё лето в спортивный лагерь, а я — к бабушке. И я ужасно соскучилась! Он такой классный! Высокий и красивый! И совсем не похож на наших мальчишек. Они по сравнению с ним - дети 😊 Мне с ним так хорошо. Скорей бы осень, чтобы его увидеть!..»

– Yeah, yeah... But I can't sit around holding hands all day! I'm on the game, she's after me! Oh boy! No, no, no! Well, basically, it drove me crazy, and I dumped her. And then she kept bothering me for a few months: come back, I love you, I'll forgive everything. And I ran away from her. It was a nightmare!

– Yeah-yeah-yeah... And someone dreams of such love... – Lyoha said thoughtfully. – To have a girl follow you around like a cat...

– But not me, – Alex laughed.

That evening, Lyoha returned home in a lifted mood, believing in himself and his abilities, and anticipating a close encounter with the girl. And yes, in the park, he met Her. Mashka was floating towards him, and Lyoha thought she was radiating a magical light. "Fairy", – he thought, and went after her like a spellbound.

***

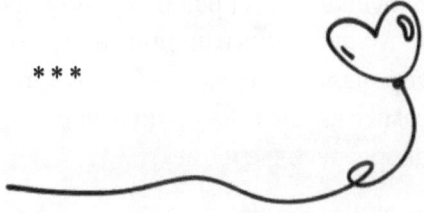

"Dear Dairy!

I think I'm in love! His name is Lyosha. We met in the park, on the day my periods started. He was the first to call me "young lady"! How did he guess? I have this feeling that I've known him for a long time. Now he's gone to a sports camp for the whole summer, and I'm going to grandma's. And I'm so missing him! He's so great! Tall and handsome! He's not like our boys at all. They seem like children compared to him 😊 I feel so good with him. I wish it were autumn already to see him again!"

То лето пролетело для меня в воспоминаниях о Лёше. Я часто мечтала о нас, о том, как было бы чудесно, если бы он ко мне приехал... А соседским девчонкам рассказала, что у меня есть парень, что он взрослый и сильный-пресильный и что у нас уже всё было. Зачем? Уж очень хотелось показаться взрослой. У меня уже пошли месячные, у меня взрослый парень, а у некоторых нет ни того, ни другого. Девчонки завидовали и приставали с расспросами..., и я рассказывала: о том, что было и чего не было... Мне верили...

***

Машка каждое лето проводила у бабушки с дедушкой. Там ей очень нравилось: взаимная любовь, никто не дёргает... Бабушка сама справлялась по хозяйству, не утруждая Машку. И Машка целыми днями купалась с ребятами в речке, воровала соседские яблоки (почему-то именно они были самые вкусные 😊), а по вечерам – общий сбор на школьном дворе, веселье и смех.

В августе к соседскому Юрке приехал двоюродный брат Саша. Он этим летом поступил в институт, и родители отпустили его погостить к Юре. Оба парня были весёлые, а когда Саша начинал петь под гитару, девчонки замирали от восторга.

Машка слушала, глядя на звёзды. Песня была медленная, про любовь, и ей казалось, что мелодия растворяется в воздухе летнего вечера.

– Хочешь попробовать? – Саша протянул Маше гитару.
– Я не умею, – удивилась она.

That summer flew by for me in memories of Lyosha. I often dreamed about us; about how wonderful it would be if he came to visit me... And I told the neighbour girls that I had a boyfriend, that he was an adult and very strong, and that we had already done everything. Why? I just really wanted to seem grown up. I had already my periods started, I had an adult boyfriend, and some of them had neither. The girls were jealous and pestered me with questions..., and I told them: about what had happened and what hadn't... They believed me...

* * *

Mashka spent every summer at her grandparents'. She really liked it there: mutual love, no one bothering her... Grandma took care of the household herself, not burdening Mashka. And Mashka would swim in the river with the other guys all day, steal the neighbours' apples (for some reason, those were the most delicious 😊), and in the evenings there would be a gathering on the school yard, fun and laughter.

That August, a cousin Sasha came to visit her neighbour Yurka.. He had just started college that summer, and his parents let him stay with Yura for a bit. Both guys were pretty fun, and when Sasha started singing and playing guitar, the girls would just melt.

Mashka was listening, staring up at the stars. The song was slow, about love, and it felt like the melody was dissolving into the summer night air.

– Wanna give it a try? – Sasha offered Masha the guitar.
– Nah, I don't know how, – she said, surprised.

— Я научу, — Саша пересел к ней. — Смотри, пальцы левой руки ставишь вот так, — он как бы приобнял её сзади, — а правой рукой перебираешь струны. — Саша сыграл перебор, а Машка напряглась. Ведь он её обнимал, а высвободиться она не решалась: он же учит играть на гитаре, ничего такого. Боялась повести себя по-детски, а она же взрослая.

Саша тем временем старательно выставлял её пальцы на новые аккорды.

— Смотри, сначала так, а потом – вот так. Запоминай, — его губы были уже возле её уха, и у Машки начало шуметь в голове, она вообще перестала соображать, а тем более запоминать. В голове стучала только одна мысль: «Сыграй хоть что-нибудь, а то он не отстанет!». И она сыграла...

— Молодец! Ты способная ученица, — шептал Саша ей на ухо. – Пойдём, я тебя провожу домой.

И Машка зачем-то пошла. Опять хотелось показаться взрослой? Или это был просто страх сделать что-то не так боязнь сказать «нет», если что-то не нравится...

Всю дорогу домой Саша обнимал её и гладил, а Машка шла как истукан, ускоряя шаг, чтобы это наконец закончилось.

— Маша, — притянул он её к себе, — ты такая классная! — И он поцеловал её, поцеловал по-взрослому, сгорая от желания. У Машки брызнули слёзы, и она забилась, как пойманный кошкой воробушек:

— Нет! Пусти!

– I'll teach you, – Sasha scooted over next to her. – Look, you put your fingers like this on the left hand, – he kinda hugged her from behind, – and use your right hand to strum the strings. – Sasha played a little riff, and Mashka tensed up. I mean, he was hugging her, but she didn't dare to relief herself: he's teaching to play the guitar, nothing wrong. She was scared of acting like a child as she was a grown up now.

Sasha kept carefully positioning her fingers on the new chords.

– See, first like this, then like that. Keep in your mind, – his lips were right by her ear, and Mashka's head started spinning, she couldn't focus at all, just one thought: "Just play something, anything, so he'll stop!". And she played...

– Wow! You're a quick study, girl, – Sasha whispered in her ear. – Come, I'll walk you home.

And Masha went with him for some reason. Was it again to seem adult? Or just fear of doing something wrong, of saying "no" if she doesn't like it...

All the way home, Sasha had his arm around her, stroking her, and Mashka just trudged along, speeding up to get it over with.

– Masha, – he pulled her close, – you're so awesome! – And he kissed her, a real adult kiss, burning with desire. Tears sprang to Mashka's eyes, and she struggled like a bird caught by a cat:

– No! Leave me!

— Ну что ты! Ты же всё знаешь, всё умеешь! Я хочу тебя! – Он продолжал целовать её, а руки уже полезли под блузку...

— Саш! – это был Юрка. – Отпусти её!

От неожиданности Сашка убрал руки, и Машка пулей полетела домой.

— Ты придурок! – толкнул Юрка Сашку, – Она же малолетка!

— Да она сама мне весь вечер строила глазки и тёрлась об меня! – Сашка зло сплюнул.

— Не лезь к ней! Она не такая! – вступился Юрка.

— Да такая! Они все такие! Все только и говорят, что она со взрослым мужиком жила! – оправдывался Сашка.

— Дурак ты! – сплюнул Юрка и медленно пошёл домой.

* * *

Машка старалась заходить в дом как можно тише. «Хоть бы все уже спали...», – подумала она.

Руки предательски тряслись, ключи зазвенели.

— Маш, ты? – окликнула её бабушка из своей комнаты. – Ты голодная?

— Всё хорошо, бабуль, я спать! – Машка шмыгнула к себе, забилась в любимое кресло возле окна. «Идиотка! Какая же я идиотка!» – корила она себя. «И кто меня за язык тянул?»

«Блин! Блин! Блин!». Машка вскочила и начала бегать взад-вперёд по комнате. «И что мне теперь делать? Сашка не отвяжется!

– Come on! You know everything, you can do it! I want you! – He kept kissing her, his hands already under her blouse...
– Sash! – It was Yurka. – Let her go!

Startled, Sashka removed his hands, and Mashka bolted home.

– Asshole! – Yurka shoved Sashka, – She's just a kid!
– She was flirting with me all night and rubbing up on me! – Sashka spat angrily.
– Nah, leave her alone! She's not like that! – Yurka defended her.
– She is! They're all like that! Everyone just says that she was with some elder guy! – Sashka tried to justify himself.
– Idiot! – Yurka spit and slowly walked home.

* * *

Mashka tried to sneak into the house as quietly as possible. "I hope everyone's already asleep," – she thought.

Her hands were shaking, the keys jingling.

– Masha, that you? – her grandma called from her room. – You hungry?
– I'm okey, nanny, just going to bed! – Mashka scurried to her room, curling up in her favourite chair by the window. "Damn it! What a stupid am I!" – she scolded herself. "Who asked me to run my mouth?"

"Crap! Crap! Crap!". Mashka jumped up and started pacing around the room. "What am I gonna do now? Sashka's not gonna leave me alone!

Юрка! Надо попросить его, чтобы сказал, что мы встречаемся! А вдруг получится...»

Машка немного успокоилась и решила поговорить с Юркой при первой же встрече.

На следующий день девчонки заехали за ней на велосипедах, чтобы, как обычно, провести целый день на реке.

– Машуля, поешь сначала, – хлопотала бабушка. – Блинчики с повидлом – пальчики оближешь!
– Бабуль, не хочу, да и девочки ждут. Я потом, приеду и поем...
– Когда? Вечером? Целый день голодная! – разволновалась бабушка. – Возьми хоть яблоки с собой, – она протянула пакетик с яблоками, не догадываясь, что Машка их вообще не ела, предпочитая ворованные у соседей.
– Бабуля! – взвыла Машка. – Ну вот куда я их положу!
– В рюкзачок, Машенька, в рюкзачок! – бабушка в одно мгновение всё упаковала, не забыв и блинчики с компотом. Она ласково надела рюкзак на плечи любимой внучки и, слегка подталкивая, выдворила её из дома, пока Машка не очнулась и не выложила всё обратно.

У девочек уже стало традицией по дороге на реку обносить соседскую яблоню. Там никто не жил и можно было вдоволь поесть яблок, сидя на дереве, да ещё и с собой прихватить. На этот раз Машка была озадачена: в рюкзаке уже были бабушкины яблоки, и ей было жалко их выбросить. «Скажу бабуле, что не съела, и привезу обратно», – решила Машка и забила рюкзак доверху яблоками. «Тяжёлый какой!» – Машка злилась, но тащила его на себе.

Yurka! I need to ask him to say we're dating! Hopefully, it'll work..."

Mashka calmed down a bit and decided to talk to Yurka at the first chance.

The next day, the girls came by on their bikes to pick her up for their usual day at the river.

– Mashulya, you should eat first, – grandma worried. – Pancakes with jam – finger-licking good!
– Nanny, I don't want any, the girls are waiting. I'll eat when I get back...
– When? At night? Starving all day! – grandma worried. – At least take some apples with you, – she handed a bag, not realizing Mashka didn't even eat those, preferring to steal the neighbours' instead.
– Nanny! – Mashka wailed. – Where am I supposed to put them?
– In your backpack, Mashenka, in your backpack! – grandma quickly packed everything, including pancakes and compote. She lovingly put the backpack on her beloved granddaughter's shoulders and gently pushed her out the door before Mashka could unpack it all.

On the way to the river, raiding the neighbour's apple tree had become a tradition for the girls. No one lived there, so they could eat their fill sitting in the tree and take some with them. This time, Mashka was puzzled: her backpack already had grandma's apples, and she felt bad about throwing them out. "I'll tell nanny I didn't eat them and bring them back," – Mashka decided and stuffed the backpack full of apples. "So heavy!" – she grumbled but carried it.

Когда они приехали на реку, там уже был Юра. Он поздоровался, глядя на неё исподлобья.

«Хорошо, что Сашки нет», – подумала Машка.
– Юра, – позвала она, – можно тебя на минуточку?

Он как бы нехотя подошёл.
– Ну?
– Хочешь яблок? – выпалила Машка. – Тут бабушка тебе передала, – соврала она.
– Спасибо... – замялся Юрка. – Я, это, короче, я Сашке сказал, что ты моя девушка, чтоб не приставал. Извини... Можем сказать, что после вчерашнего мы поругались и больше не встречаемся, – он сделал паузу, – если хочешь...

Машка не верила своим ушам.

– Спасибо! – её глаза вспыхнули благодарностью. – Ты супер! Не надо говорить, что расстались, пусть и дальше думает, что мы пара. – Машке очень не хотелось, чтоб Сашка опять начал приставать.
– Только, это, – Юрка опять замялся, – он может от наших узнать, что это неправда...
– Точно! – поникла Машка.
– Скажу, что мы тайно встречались, чтоб никто не узнал, ведь у тебя же парень...
– Блин... так ещё хуже! Тогда все решат, что я со всеми сразу!
– Скажи, что с парнем поссорилась! Узнала, что он тебе изменил, и послала к чёрту! – озарило Юрку.
– Супер! – Машка даже захлопала в ладоши. – Я тебя обожаю! – Она кинулась ему на шею и чмокнула в щёку.
– Да пожалуйста! – Юрка покраснел.

When they got to the river, Yura was already there. He greeted her, looking at her from under his brows.

"Good thing Sashka's not here", – Mashka thought.
– Yura, – she called, – can I talk to you for a sec?

He came over, kind of reluctantly.
– What?
– Want some apples? – Mashka blurted out. – Nanny sent them for you, – she lied.
– Thanks... – Yura hesitated. – I, uh, I told Sashka you're my girlfriend, so he'd leave you alone. Sorry... We can say we broke up after yesterday and no longer together, – he paused, – if you want...

Mashka couldn't believe what she was hearing.

– Thank you! – her eyes shone with gratitude. – You are the best! No need to say that we broke up, let him think that we are a couple. – Mashka really didn't want Sashka to start bothering her again.
– But, uh, – Yura hesitated, – he might find out it's not true from the others...
– Right! – Mashka deflated.
– I'll say we were secretly dating, so no one would know, since you have a boyfriend...
– Crap... that's even worse! Then everyone will think I'm with anyone at once!
– Say you had a fight with your boyfriend! Found out he cheated and told him to screw off! – Yura had a brainstorm.
– Perfect! – Mashka even clapped her hands. – I love you! – She threw her arms around his neck and gave him a peck on the cheek.
– No bother! – Yurka blushed.

***

Наша уловка и правда сработала. Сашка больше не приставал ко мне, ухлёстывая то за одной, то за другой. Он был красивый, обаятельный, а главное – городской и уже студент – парень нарасхват. Девчонки так и липли к нему. А мы с Юркой продолжали играть «парочку». Мне было с ним хорошо и спокойно, а главное – без приключений на мою глупую голову.

Тем летом я усвоила хороший урок, который запомнила на всю жизнь: держать язык за зубами, личные отношения на то и личные, чтобы о них никому не рассказывать, а люди и без того всё додумают и сочинят.

Так, поговаривали, что девушка, на которой позже женился Юрка, была беременна вовсе не от него, а от Сашки. Люди злые, злые их языки. А я не верю, что это правда, и желаю им счастья, ведь такой человек, как Юра, достоин счастья.

Кстати, Юра стал первым парнем, которого я поцеловала. По-взрослому поцеловала.

Случилось это в последний вечер перед моим отъездом. Юра, как обычно, пошёл меня провожать:

– Ну, пока! До встречи в следующем году! – улыбнулся он.
– Пока! – Мы стояли рядом, и я заглянула в его глаза. – Спасибо тебе за всё! – прошептала я и потянулась к его губам.

Юра ответил... Это было приятно...

For you, Sweetheart

* * *

Our little trick actually worked. Sashka didn't bother me anymore, chasing after one girl or another. He was good-looking, charming, and most importantly – a city guy and a college student, a real catch. The girls were all over him. And Yurka and I kept up our "couple" act. I felt good and calm with him, and most importantly – no more trouble for my dumb head.

That summer, I learned a good lesson that I've remembered for life: keep your mouth shut, personal relationships are personal, and you don't need to tell anyone about them – people will come up with their own stories anyway.

So, the rumour was that the girl Yurka later married was actually pregnant by Sashka, not him. People are so cruel; their tongues are so vicious. But I don't believe it's true, and I wish them happiness, because someone like Yura deserves it.

By the way, Yura was the first guy I ever kissed. A real adult kiss.

It happened on the last evening before I left. Yura walked me home as usual:

– Well, see you! See you next year! – he smiled.
– See you! – We were standing there, and I looked into his eyes. – Thank you for everything! – I whispered and leaned into his lips.

Yura kissed me back... It was nice...

При воспоминании же о Сашкином поцелуе меня до сих пор бросает в холодный пот!

А Юрин поцелуй... нежный и ласковый... стал прекрасным завершением того памятного лета. Лета прощания с детством.

For you, Sweetheart

Just thinking about Sashka's kiss still makes me shudder!

But Yura's kiss... gentle and tender... was the perfect ending to that memorable summer. The summer of saying goodbye to childhood.

= Первые эксперименты =

Уже заканчивался сентябрь, а школа продолжала гудеть: всем надо было обо всём и всем рассказать! Ведь столько нового и необычного произошло за лето. Машка, наученная горьким опытом, старалась помалкивать. А вот Олька тарахтела, не умолкая, каждую свободную минутку. Во всех деталях был описан её новый парень, и все интимные подробности, благо они сводились к ласкам и поцелуям.

— Ты себе не представляешь, — щебетала Олька на очередной переменке, — он целуется как Бог! У него такие мягкие губы, что я прямо таю... — Олька закатила глаза, воображая парня...
— Олечка, ты домашку по английскому сделала? — Витька внезапно вернул её на землю.
— Yes! — Олька разозлилась, что её оторвали от воспоминаний.
— Дай списать! Please, please, please, — Витька скорчил милую мордашку, — chocolate is on me!
— And shake, please! For me and my bestie.
— With pleasure, Miss. Anything else?
— Did you meet anyone special this summer? Got a girl yet?
— Come on! You're the one! I couldn't wait till school.
— Alright, alright... Don't try to snow me. I know you've got someone.

Your eyes are sparkling. What's her name?

— You! Only you!!!
— Baby, you are great, but my heart is already taken.
— I'm crushed, you know...
— I believe you'll be fine. Kisses.

= First experiments =

September was already drawing to a close, but the school was still buzzing: everyone had to tell everyone else about everything! There was so much new and unusual that had happened over the summer. Mashka, having learned from bitter experience, tried to keep quiet. But Olka chattered non-stop, every free minute. Her new boyfriend was described in all the intimate details, which fortunately only amounted to caresses and kisses.

— Just imagine, — Olka chirped during a break, — he kisses like a god! He has such soft lips, I just melt... — Olka rolled her eyes, imagining the guy...
— Olya, have you done your English homework? — Vit'ka suddenly brought her back to earth.
— Yes! — Olka got angry that she was torn from her memories.
— Let me copy! Please, please, please, — Vit'ka made a cute face, — chocolate is on me!
— And shake, please! For me and my bestie.
— With pleasure, Miss. Anything else?
— Did you meet anyone special this summer? Got a girl yet?
— Come on! You're the one! I couldn't wait till school.
— Alright, alright... Don't try to snow me. I know you've got someone.

Your eyes are sparkling. What's her name?

— You! Only you!!!
— Baby, you are great, but my heart is already taken.
— I'm crushed, you know...
— I believe you'll be fine. Kisses.

— Вот умеешь ты с девушками разговаривать, — встряла Машка. — Чур, и мне шоколадку, — она игриво посмотрела на Витьку.

— Конечно! Для тебя всё что хочешь! — воскликнул он и приобнял Машку.

Пашка, который стоял рядом, даже дёрнулся. Он хотел было убрать Витькину руку с плеча Машки, но вовремя остановился.

— Sorry, Miss, не удержался, — шутливо извинился Витька.
— Не сдерживай себя, Витечка, — строила ему глазки Маша.
— Так, вот домашка, с вас две шоколадки, и проваливайте, — Олька всё ещё злилась: ей не дали помечтать о парне.
— Как там Лёша? — спросила она, когда парни удалились. — До сих пор не объявился?
— Нет, — вздохнула Машка.

Всё это время она ждала, что он придёт, но Лёша как сквозь землю провалился. Пару раз она даже гуляла возле его школы в надежде «случайно» с ним встретиться, но безрезультатно. А увидеть его хотелось всё больше. Но у неё даже не было его номера телефона. А зачем? Лёша и так её находил...

«Вот дура!» — корила она себя...

Однажды, когда Машка в очередной раз гуляла возле Лёшиной школы, она наткнулась на одноклассниц, воробушками сидевших на лавочке.

— О, Сивахина, привет! Иди к нам! — позвали её они. — Ты что тут делаешь?
— Да так, ничего, — Машка была расстроена до невозможного.
— Хочешь? — они протянули какую-то алкогольную болтанку.

— You sure know how to talk to girls, — Mashka butted in. — Save me a chocolate bar too, — she looked at Vit'ka playfully.
— Sure! Anything you want! — he exclaimed and put his arm around Mashka.

Pashka, who was standing nearby, even twitched. He was about to remove Vit'ka's hand from Mashka's shoulder but stopped himself in time.

— Sorry, Miss, couldn't help myself, — Vit'ka joked.
— Don't hold back, Vitechka, — Masha batted her eyelashes at him.
— Okey, here's the homework, two chocolate bars from you, and scram, — Olka was still angry: she hadn't been allowed to daydream about her boyfriend.
— How's Lyosha? — she asked when the guys had left. — Still hasn't shown up?
— No, — Mashka sighed.

All this time she had been waiting for him to come, but Lyosha had disappeared without a trace. A couple of times she had even walked around near his school, hoping to "accidentally" run into him, but to no avail. And she wanted to see him more and more. But she didn't even have his phone number. Why would she? Lyosha always found her...

"Stupid!" — she scolded herself...

One day, when Mashka was once again walking around near Lyosha's school, she ran into some classmates sitting on a bench like little sparrows.

— Oh, Sivakhina, hi! Come join us! — they called her. — What are you doing here?
— Nothing, really, — Mashka was upset beyond measure.
— Wanna some? — they offered some kind of alcoholic swill.

И как она сразу не заметила, что девчонки были пьяные?

– Нет, не хочу, спасибо… А вы что празднуете? – безучастно спросила Машка.

– Конец сентября! – девчонки пьяно заржали.

– А, здорово! Ладно, я пошла. Я ещё к Ольке обещала зайти, – соврала она.

– Ну, пока-пока! –девчонки попрощались, как показалось Машке, с угрозой. – Ольке привет! – они опять пьяно заржали.

– Пока! – Машка поспешила удалиться. Но в душу закралось чувство страха и беспокойства…

«Что со мной? Это же просто девчонки из класса!» – успокаивала себя Машка.

«Домой! Чаёк и спать!»

Но дома спрятаться от всех не получилось: там уже были родители. Папа с недовольным лицом сидел на кухне, где мама готовила ужин.

– Машка! Ты где так поздно ходишь! Ты уроки сделала?! Шляешься где попало! Показывай дневник и домашку!

«Господи! Тебя ещё не хватало», – раздражённо подумала Машка.

– Пап, да всё нормально! Я ещё успею сделать, – огрызнулась она.
– Нормально?! Ты как с отцом разговариваешь?! – он в два прыжка подлетел к ней и ударил по щеке. – Не смей!!! – Его глаза налились яростью.

For you, Sweetheart

And how did she not notice right away that the girls were drunk?

– No, thanks, I don't want any... What are you celebrating? – Mashka asked indifferently.
– The end of September! – the girls drunkenly guffawed.
– Oh, great! Well, I have to go. I promised Olka I'd stop by, – she lied.
– Well, see you! – the girls said goodbye, as it seemed to Mashka, with a threat. – Say hi to Olka! – they drunkenly guffawed again.
– See you! – Mashka hurried away. But a feeling of fear and anxiety crept into her soul...

"What's wrong with me? They're just girls from my class!" – Mashka tried to calm herself down.

"Home! Tea and sleep!"

But she couldn't hide from everyone at home: her parents were already there. Dad sat in the kitchen with a displeased look on his face, where Mom was making dinner.

– Mashka! Where have you been so late! Have you done your homework?! Wandering around who knows where! Show me your notebook and homework!

"Oh, God! That's all I need!", – Mashka thought irritably.

– Dad, it's all fine! I'll still get it done, – she snapped.
– Fine?! How dare you talk to your father like that?! – he jumped at her in two leaps and slapped her on the cheek. – Don't you dare!!! – His eyes were filled with rage.

— Пап!!! — у Машки слёзы брызнули из глаз. — За что?!
— Шляешься целыми днями где-то, уроки не учишь! Ты вообще собираешься куда-то поступать или в подоле хочешь мне принести? — кричал отец, брызгая слюной.
— Успокойтесь, — мама отставила сковородку в сторону, напуганная отцовским гневом.
— До конца месяца никаких гулек! — сверкал он глазами. — А будут плохие оценки — так и до конца года! Дома будешь сидеть! Под замком!!! — он двинулся на Машку ...

Её охватили испуг и ярость одновременно: «Бежать!» — молнией сверкнуло в голове, и она в одно мгновение выскочила из дома.

— Машка! — ревел отец вдогонку. — Живо домой! Убью!!!

Машка бежала со всех ног, слёзы градом катились, комок в горле душил, она ничего не видела перед собой.

— Сивахина?! Опять ты? — девчонки всё ещё праздновали конец сентября. — Ты чё, с Олькой поссорилась?
— Дайте выпить! — Машка остановилась как вкопанная.
— А мамка не заругает? — пьяно заржали они.
— Не смешно! — Машку всю трясло, и она обеими руками вцепилась в протянутую бутылку, как в спасательный круг. Она пила взахлёб, не в силах остановиться и не ощущая вкуса горького и противного пойла.
— Эй-эй-эй!!! — завопили девчонки. — Нам оставь! Разошлась! — они чуть ли не силой выхватили у неё бутылку.

For you, Sweetheart

— Dad!!! — Mashka's tears burst out. — What for?!
— Wandering around all day somewhere, not studying your lessons! Do you even plan to go to college or just bring me a child in your apron? — the father yelled, spitting saliva.
— Calm down, — Mom put the frying pan aside, frightened by Dad's anger.
— No going out until the end of the month! — he flashed his eyes. — And if the grades are bad — until the end of the year! You'll be sitting at home! Locked up!!! — he moved towards Mashka...

Fear and rage seized her at the same time: "Run!" flashed in her head, and in an instant she dashed out of the house.

— Mashka! — her father roared after her. — Get back home! I'll kill you!!!

Mashka ran as fast as she could, tears streaming down, a lump in her throat choking her, she couldn't see anything in front of her.

— Sivakhina?! Again? — the girls were still celebrating the end of September. — You had a fight with Olka?
— Give me a drink! — Mashka stopped dead in her tracks.
— Won't your mommy scold you? — they drunkenly guffawed.
— Not funny! — Mashka was shaking all over, and she grabbed the bottle they offered with both hands, like a lifeline. She drank it down greedily, unable to stop and not feeling the bitter, disgusting taste of the swill.
— Hey-hey-hey!!! — the girls yelled. — Leave some for us! You've gone wild! — they almost forcibly snatched the bottle from her.

Машка просто физически ощутила, как что-то горячее опускается в её желудок, обжигает и вихрем пытается подняться наверх. Она почувствовала, что её сейчас стошнит. Видимо, на лице это тоже отразилось, потому что девчонки в один голос заорали:

– Носом, носом дыши! Не хватало ещё бухло переводить! Не умеешь пить – не берись! – они протянули сигарету. – На, затянись – попустит!

Машка зачем-то её взяла и затянулась. В горло влетел удушливый горький дым. Она судорожно закашлялась.

– Она ещё и курить не умеет! Ну вообще! – опять заржали девчонки. – Сивахина, ты что, пришла нам вечер испортить? – то ли злились, то ли смеялись они.

Машка уже плохо соображала. Алкоголь с сигаретой делали мысли и язык вязкими как смола. Чьи-то голоса звенели в ушах, силуэты расплывались: три или четыре мужские фигуры, смех девчонок и звуки музыки колоколом отзывались в голове... Чьи-то руки, мнущие её грудь... Чьи-то попытки её поцеловать... Её шатало, её тошнило, и очень хотелось домой, но ни руки, ни ноги её не слушались.

И вдруг всё стихло и чьи-то руки подхватили её как пушинку и понесли. У неё не было сил не то, чтобы сопротивляться, но даже открыть глаза. Она лишь почувствовала запах. Запах... такой родной...

– Папа! – и отключилась.

Mashka physically felt something hot descending into her stomach, burning and trying to rise back up in a whirlwind. She felt like she was about to throw up. Apparently, this showed on her face, because the girls all shouted in unison:

– Breathe through your nose! Don't waste the booze! Can't drink – don't try! – they handed her a cigarette. – Here, take a drag. It'll help!

For some reason Mashka took it and had a drag. The suffocating bitter smoke hit her throat. She convulsively started coughing.

– She can't even smoke! Seriously!? – the girls guffawed again. – Sivakhina, did you come to ruin our evening? – they were either angry or laughing.

Mashka was already having trouble thinking straight. The alcohol and cigarette were making her thoughts and tongue thick as tar. Voices were ringing in her ears, silhouettes blurring: three or four male figures, the laughter of the girls and the sounds of music echoing in her head... Hands groping her breasts... Attempts to kiss her... She was swaying, she was nauseous, and she wanted to go home so badly, but her hands and feet wouldn't obey her.

And suddenly, everything went silent, and someone's hands scooped her up like a feather and carried her away. She didn't have the strength to resist, let alone open her eyes. She only sensed the smell. The smell... so familiar...

– Dad! – and she passed out.

***

Встречи с Машей сводили Лёху с ума. Ему хотелось видеть её снова и снова. Он был околдован. Она казалась ему ангелом, нежной и трогательной. Лёха совершенно забыл про поцелуи и секс, стремясь лишь оберегать Машу и всячески заботиться о ней.

Но пришло время уезжать в спортивный лагерь на всё лето. Весь вечер перед отъездом он провёл с Машей, не выпуская её из объятий. Он вдыхал аромат её волос и не мог надышаться, гладил её руки и не мог оторваться.

— Какая же ты классная! — шептал он ей на ухо, а она тихонько смеялась. Но поцеловать Машу в тот вечер он так и не смог. Лёха уезжал, обещая себе, что, когда вернётся, у них обязательно всё-всё будет. Однако лето в лагере внесло свои коррективы.

Поначалу всё было как обычно: тренировки–пляж–столовка, тренировки–пляж–столовка. Но однажды Дэн предложил сходить в соседнее село за «жареными семками». С ним пошли Лёха, Алекс и Грэм. Они и раньше делали подобные вылазки: то за семечками, то за сладким, то за сигаретами с пивом. Надо сказать, что такие походы были чреваты последствиями. Если бы тренер узнал — отправил бы всех домой, а за курение и пиво ещё и головы открутил. Но «риск — благородное дело», — как любил приговаривать Грэм. С ним никто не спорил. Ведь это же так здорово: пощекотать нервы, проверить себя на вшивость. На вылазки приглашали только «избранных», чтобы никто не спалил. Со временем они установили что-то вроде кода: «сходить за семками» означало «идём на пиво с сигаретами на берегу реки».

For you, Sweetheart

* * *

Meetings with Masha were driving Lyoha crazy. He wanted to see her again and again. He was enchanted. She seemed to him like an angel, tender and touching. Lyoha had completely forgotten about kisses and sex, striving only to protect Masha and take care of her in every way.

But it was time to leave for the sports camp for the whole summer. He spent all the evening before leaving with Masha, not letting her out of his arms. He breathed in the aroma of her hair and couldn't get enough, stroked her hands and couldn't tear himself away.

– You're so great! – he whispered in her ear, and she giggled softly. But he didn't manage to kiss Masha that evening. Lyoha left, promising himself that when he returned, they would definitely have everything between them. However, the summer at the camp made its own adjustments.

At first, everything was as usual: training–beach–cafeteria, training–beach–cafeteria. But one day, Den suggested going to the neighbouring village for "fried seeds". Lyoha, Alex and Gram went with him. They had done similar sorties before: sometimes for seeds, sometimes for sweets, sometimes for cigarettes with beer. It should be said that such hikes were fraught with consequences. If the coach found out – he would send everyone home, and for smoking and beer he would also twist their heads. But "risk is a noble thing", as Gram loved to say. No one argued with him. After all, it's so great: to get their blood pumping, see if they've got the guts. Only the "chosen ones" were invited to the sorties, so that no one would blow the whistle. Over time, they established something like a code: "going for seeds" meant "we're going for beer with cigarettes on the riverbank".

Им нравилось чувствовать себя взрослыми и исключительными. И пик блаженства – лежать на песочке после купания с холодным пивом и сигаретами. На жаре пиво опьяняло, а сигареты помогали достичь ЕЩЁ большего блаженства. Мир казался волшебным и красочным, вселял лёгкость и непринуждённость.

– А хотите ещё больше кайфануть? – спросил Дэн.
– Ну! – все с любопытством посмотрели на него.

Дэн достал маленькую коробочку в виде саквояжника и демонстративно выложил её на ладонь.

– Что это? – Алекс приподнялся на локтях. – Это то, что я думаю? – он прищурился.
– Не знаю, о чём ты думаешь, но это добавит красок в твою блеклую жизнь! – загадочно прошептал Дэн.
– Не-не – это без меня, – Алекс улёгся на спину, закинув руки за голову. – Зачем оно мне надо! Не дай Бог затянет!
– Да не затянет! – возмутился Дэн. – Мне знакомые хорошие дали! Я уже сам несколько раз пробовал! Состояние феерическое! Ты такого ещё точно не испытывал! – округлил глаза Дэн.
– Не-не, я пас, – Алекс перевернулся на живот, – и вам не советую! По-моему, пивасика достаточно… А феерический эффект и от секса можно получить. Он хоть полезен для здоровья, а не вреден, – ухмыльнулся Алекс.
– А я попробую, – потянулся к коробочке Лёха. – Чего бояться? Дэн же пробовал, и нормально.
– Во-во, – поддержал его Дэн, – правильно! В жизни всё надо попробовать! – Он протянул коробочку Грэму. – Будешь?
– А, давай! – Грэм закинул таблетку в рот так быстро, как будто боялся передумать.

For you, Sweetheart

They liked to feel grown up and exceptional. And the peak of bliss is to lie on the sand after swimming with cold beer and cigarettes. In the heat, the beer intoxicated, and the cigarettes helped to achieve EVEN greater bliss. The world seemed magical and colourful, instilling lightness and ease.

– Wanna get even more high? – Den asked.
– Yeah! – everyone looked at him curiously.

Den pulled out a small suitcase-shaped box and demonstratively laid it on his palm.

– What's that? – Alex propped himself up on his elbows. – Is this what I think it is? – he squinted.
– I don't know what you're thinking, but it'll add colours to your drab life! – Den whispered mysteriously.
– No-no, not for me, – Alex lay back on his back, putting his hands behind his head. – Why do I need this? I don't want to get hooked!
– You don't get hooked! – Den was indignant. – My friends gave me the good stuff! I've already tried it a few times myself! It gets you so wasted, man! You've never experienced anything like it, I guarantee! – Den widened his eyes.
– No-no, I skip, – Alex turned over onto his stomach, – and I wouldn't suggest it to you guys either! I think some brews are plenty... Plus, you can get that crazy rush from sex too. At least that's good for you, not bad, – Alex smirked.
– I'll try, – Lyoha reached for the box. – What's to be afraid of? Den tried it, and it's fine.
– Yap, – Den supported him, – That's right! You should try everything in your life! – He handed the box to Gram. – Wanna?
– Well, give it here! – Gram threw the pill into his mouth so fast, as if he was afraid to change his mind.

— Красавец! Уважаю! – Дэн похлопал его по плечу. – Запей пивасиком! Так ещё круче!

— Так, пошёл я, наверное, – Алекс поднялся, собирая свои вещи. – Не хочу с вами спалиться.

— Засцал?! – криво заржал Грэм. Таблетка начала действовать, его глаза стекленели.

— Всем пока! – Алекс пошёл к дороге, даже не обернувшись на выпад Грэма. – Если что, я вас не видел, а вы – меня.

— Пока! – Дэн смачно затянулся.

— Что-то они не действуют, – Лёха следил за облаками немигающим взглядом.

— Айда купаться, – Грэм подскочил как ужаленный, все ринулись за ним.

То, что происходило дальше, напоминало дурной сон.

Сначала они играли в квача на воде, но постепенно игра становилась всё агрессивнее и агрессивнее и перешла в толкание, а потом и вовсе в драку между Грэмом и Лёхой. И тут Лёха начал топить Грэма, яростно и неистово, как будто вымещая на нём всю накопившуюся злость. Грэм барахтался, пытаясь высвободиться, но Лёха не отпускал. Перепуганный Дэн замер, соображая, что происходит:

— Эй, Лёха, ты чего? Отпусти его! Подурили, и хватит! Ты сейчас его притопишь! – Дэн попытался отцепить Лёху от Грэма, который почему-то уже не шевелился. – Отпусти его! – заорал Дэн, начав хлестать Лёху по лицу. – Отпусти!!!

Лёха разжал пальцы, но Грэм недвижно лежал на воде.

— Good man! Respect! — Den patted him on the shoulder. — Wash it down with beer! It's even cooler that way!

— Okey, I better go, — Alex got up, gathering his stuff. — I don't want to get busted with you guys.

— Aw, you pussied out?! — Gram snickered. His eyes starting to glass over as the pill took effect.

— See you, guys! — Alex went to the road without even turning to Gram's jab. — I didn't see you, and you didn't see me, just in case.

— Bye! — Den took a juicy drag.

— They're not working, — Lyoha watched the clouds with an unblinking gaze.

— Let's go swimming, — Gram jumped up as if stung, they all rushed after him.

What happened next was like a nightmare.

At first they played tag in the water, but gradually the game became more and more aggressive and turned into shoving, and then into a fight between Gram and Lyoha. And then Lyoha started drowning Gram, furiously and fiercely, as if venting all his accumulated anger on him. Gram floundered, trying to break free, but Lyoha didn't let go. The frightened Den froze, figuring out what was going on:

— Hey, Lyoha, what's wrong with you? Let him go! We've had enough fun! You're going to drown him now! — Den tried to pry Lyoha off Gram, who for some reason wasn't moving anymore. — Let him go! — Den yelled, starting to slap Lyoha in the face. — Let him go!!!

Lyoha relaxed his fingers, but Gram still lay motionless on the water.

— Грэм, ты чего! – истошно заорал Дэн, переворачивая его на спину.

Мертвые глаза Грэма смотрели на него.

— Охуеть! – вырвалось у Дэна. – Ты что наделал?! Дебил! Ты утопил его!!! – он начал бить остолбеневшего Лёху. Лёха не сопротивлялся.

— Валим отсюда, пока никто не видел! Быстро! – Дэн силой вытянул Лёху из воды. – Пошёл! Давай! – Он быстро собрал вещи и потащил Лёху в сторону лагеря, оставив Грэма на воде с испуганным и не понимающим взглядом: «За что?».

Всю дорогу к лагерю Лёха шёл молча, с немигающим взглядом, уставившись себе под ноги. Зато Дэн материл его как только мог. По дороге они никого не встретили, что порадовало Дэна.

— Короче, слушай сюда. Если что, мы никуда не ходили, были в лагере за корпусом. Если вдруг местные спалят, то признаемся, что да, за семками из лагеря сбежали, а сразу не признались, потому что испугались. Семки купили – и обратно в лагерь, а Грэм решил пойти на речку искупаться. Мы не пошли. Запомнил? – он опять ударил Лёху кулаком по спине.

— Угу, – от удара Лёха пошатнулся. – А Алекс? Надо ему сказать!

— Скажу! – Дэн снова ударил Лёху.

— Что я наделал! Господи! – Лёха обхватил голову руками. – Я убийца! Убийца!!!

— Заткнись! – зашипел Дэн. – Не дай Бог кто-то услышит! Если ты нас спалишь, я тебя сам прибью! Понял? – Лёха получил очередной удар.

— Понял, понял! – Лёха вжал голову в плечи.

– Gram, what's wrong? – Dan screamed, turning him over onto his back.

Gram's dead eyes stared at him.

– Fuck! – Dan exclaimed. – What did you do?! You killed him!!! – he started beating the stunned Lyoha. Lyoha didn't resist.
– Let's get out of here before anyone sees us! Come on! – Dan forcefully pulled Lyoha out of the water. – Come on! Let's go! – He quickly gathered their stuff and dragged Lyoha towards the camp, leaving Gram on the water with a frightened and bewildered look: "Why?".

The whole way to the camp, Lyoha walked in silence, with an unblinking gaze, staring at his feet. But Dan cursed him nonstop. They didn't meet anyone on the way, which pleased Dan.

– Listen up. Just in case, we didn't go anywhere, we were in the camp behind the building. If the locals bust, we'll admit we went to the village for seeds, but didn't confess right away because we were scared. We bought the seeds and came back to the camp. Gram decided to go swimming. We didn't go. Got it? – he again hit Lyoha on the back with his fist.
– Got it, – Lyoha staggered from the blow. – And Alex? We should tell him!
– I will! – Dan hit Lyoha again.
– What did I do! Jesus! – Lyoha wrapped his head in his hands. – I'm a murderer! A murderer!!!
– Shut up! – Dan hissed. – Don't let anyone hear us! If you rat us out, I'll kill you myself! Get it? – Lyoha got another punch.
– Get it, get it! – Lyoha hunched his head into his shoulders.

Когда они зашли в комнату, там никого, кроме Алекса, не было.

– О, что так быстро? – вскинул брови Алекс. – Пришли сюда кайфовать? – усмехнулся он.

Дэн толкнул Лёху на кровать, а сам подсел к Алексу и всё ему рассказал. Алекс с ужасом смотрел на Лёху.

– Идиоты!!! На хрена я с вами пошёл!!! – зашипел Алекс, но с версией Дэна про то, как всё было, решил согласиться. А что ему ещё оставалось?

Дэн закопал таблетки, боясь обысков. Выбросить было жаль, уж слишком дорого они стоили, можно ведь хорошо заработать.

К вечеру Грэма начали искать, и тренер разволновался не на шутку. Он всех уже опросил, кто и когда его видел в последний раз, позвонил его родителям, позвонил в полицию.

Через несколько дней гудел весь лагерь: местные пацаны обнаружили в реке тело Грэма. К тому времени полиция уже знала, с кем он ходил в село. Всех троих допросили, но тренер их из лагеря не выгнал, решив оставить до поры до времени под присмотром.

Уже было известны подробности: и то, что Грэма душили, и что он употреблял наркотики и алкоголь. Вещи Грэма на берегу почему-то не нашли. От парней отвело подозрение то, что они были друзьями, и никто никогда не видел их ссорящимися. Списали всё на то, что Грэм, возможно, задолжал за наркотики и с ним так рассчитались местные наркодилеры. Дело особой огласке не предавалось, чтобы не запятнать репутацию лагеря, тренера и команды в целом. Всё потихоньку замяли, выплатив родителям Грэма денежную компенсацию от лагеря и спорткомитета.

For you, Sweetheart

When they entered the room, only Alex was there.

– Oh, what a quick arrival! – Alex raised his eyebrows. – Come here to get high? – he smirked.

Dan pushed Lyoha onto the bed, while he sat down next to Alex and told him everything. Alex looked at Lyoha in horror.

– Idiots!!! What the hell am I doing with you!!! – Alex hissed, but with Dan's version of what happened, he decided to agree. What else was there to do?

Dan buried the pills, fearing searches. It was a shame to throw them away, as they were too valuable. He could make a good profit.

By evening, they started looking for Gram, and the coach was extremely worried. He had already questioned everyone about when they last saw Gram, called his parents, and called the police.

A few days later, the camp buzzed: local guys found Gram's body in the river. By then, the police already knew who he had gone to the village with. They questioned all three, but the coach decided to keep them under surveillance for the time being.

The details were already known: that Gram was strangled, and that he had been using drugs and alcohol. For some reason, Gram's clothe on the shore was not found. The fact that the guys were friends, and no one had ever seen them arguing, diverted suspicion from them. They chalked it all up to Gram maybe owing money for drugs, and the local drug dealers settling the score with him that way. The case wasn't given much publicity, in order to not tarnish the reputation of the camp, the coach, and the team as a whole. It was all quietly hushed up, with the camp and the sports committee paying monetary compensation to Gram's parents.

Дэн с Алексом облегчённо выдохнули. А вот Лёха был на грани нервного срыва. Ему всё чаще снился Грэм, смотрящий на него мёртвыми глазами: «За что? За что?». Лёха просыпался в холодном поту и потом долго не мог уснуть.

Однажды, после очередной такой ночи, он попросил у Дэна таблетку. Дэн с сомнением посмотрел на него, но таблетку дал. Таблетка помогла, Лёха успокоился и уснул. Когда он пришёл к Дэну за очередной таблеткой, тот потребовал денег.

— Дэн, ты чего? Мы же друзья! — удивился Лёха.
— Нет. Мы не друзья. Мы теперь в разных лодках, — отрезал Дэн. — Из-за тебя у нас проблемы были. Скажи ещё спасибо, что я тебе за это счёт не предъявил. Так сказать, в память о нашей «бывшей» дружбе. Но за всё надо платить. Понял? Особенно за комфорт и удовольствие, — он похлопал Лёху по плечу. — Так что давай прошлый должок твой спишем, ну а дальше — ты за себя, а я за себя. Хочешь конфетку — неси деньги, — он резко развернулся и ушёл, оставив беспомощно моргающего Лёху в полном недоумении.

Пару дней Лёха ходил чернее тучи, но желание успокоиться и забыться при помощи таблетки взяло своё. Дэн согласился давать таблетки в долг. И понеслось... Лёха похудел, побледнел, под глазами появились синяки.

Тренер списывал его состояние на стресс после смерти друга. А поскольку Лёха глотал таблетки по вечерам, то никто ничего не заподозрил.

Dan and Alex breathed a sigh of relief. But Lyoha was on the verge of a nervous breakdown. He kept having nightmares of Gram staring at him with dead eyes: "Why? Why?" Lyoha would wake up in a cold sweat and then have trouble falling back asleep.

One night, after another nightmare, he asked Dan for a pill. Dan looked at him doubtfully but gave him the pill. The pill helped, and Lyoha calmed down and fell asleep. When he came to Dan for another one, Dan demanded money.

— Dan, what's up? We're friends! — Lyoha was surprised.
— No. We are not anymore. We're no longer on the same page, — Dan cut him off. — Because of you, we had problems. Consider yourself lucky I'm not billing you for that. Let's call it a 'farewell' to our friendship. But everything has a price. Especially for comfort and pleasure, — he patted Lyoha on the shoulder. — So, let's write off your old debt, and from now on, you're on your own, and I'm on my own. Wanna candy — bring me money, — he abruptly turned around and left, leaving the helplessly blinking Lyoha in complete bewilderment.

For a couple of days, Lyoha was as gloomy as a storm cloud, but the desire to calm down and forget everything with the help of the pills won out. Dan agreed to give him pills on credit. And so, it began... Lyoha lost weight, turned pale, and had dark circles under his eyes.

The coach attributed his condition to the stress after his friend's death. And since Lyoha was swallowing the pills in the evenings, no one suspected anything.

– Ты бы завязывал, – попытался однажды вразумить его Алекс. – И не заметишь, как подсядешь, а потом всё – жопа, хрен слезешь.

– Да всё нормально! Не волнуйся… – отмахивался Лёха. – Я всё контролирую.

– Ну ты и придурок, – покачал головой Алекс, – тебе мало, что ты Грэма жизни лишил, так хочешь и свою ещё угробить. Ведь если бы не наркота, всё было бы хорошо. Ведь из-за этой дури всё так вышло!

– Да пошёл ты! Он нападал на меня как безумный, а у меня, может, инстинкт самосохранения сработал! А таблетки – это не дурь, а успокоительные, – повысил голос Лёха.

– Так, а ну подошли ко мне, – Пётр Иванович появился так незаметно, что оба вздрогнули. – Что за крики?

– Да так, – отмахнулся Лёха, стараясь совладать с собой, – спорили из-за ерунды…

– Заняться нечем? – нахмурился тренер. – Может, ещё раз в село за семечками сбегаете? Развеетесь? – Пётр Иванович сжал кулаки. – Так, а ну марш на кухню, будете сегодня помогать картошку чистить.

Лёха с Алексом по-тихому ушли, надеясь, что Пётр Иванович не слышал их разговор. Но это так и осталось тайной, правда, Лёхе иногда казалось, что Пётр Иванович стал как-то не так на него смотреть. Хотя, возможно, это ему только казалось.

На кухне их встретила Людочка:

– Ой, мальчики, как хорошо, что вы пришли помогать! Мне самой не управиться. – Людочка подвела их к вёдрам с картошкой. – Вот это всё надо почистить, – она состроила невинное личико.

– Так здесь работы до утра, – ужаснулся Лёха.

— You should quit this, — Alex tried to reason with him once. — You won't even notice when you get hooked, and then you're fucked — you'll never get off it.

— I'm fine! Don't worry... — Lyoha waved him off. — I've got it under control.

— You're such an idiot, — Alex shook his head, — wasn't it enough that you took Gram's life? Now you want to ruin your own too. If it wasn't for the drugs, everything would be fine. It's all because of this crap that it turned out this way!

— Fuck off! He attacked me like a mad, and maybe my self-preservation instinct kicked in! And the pills are not drugs, that's just tranquilizers, — Lyoha raised his voice.

— Okey, come here, — Pyotr Ivanovich appeared so quietly that they both shuddered. — What's all the screaming about?

— Nothing, — Lyoha waved him off, trying to compose himself, — arguing about some nonsense...

— Nothing to do? — the coach frowned. — Maybe you'll go to the village for seeds again? Get blown away? — Petr Ivanovich clenched his fists. — Okay, then go to the kitchen. You'll be helping with peeling potatoes today.

Lyoha and Alex quietly left, hoping Petr Ivanovich hadn't heard their conversation. But it remained a secret, although Lyoha sometimes thought Petr Ivanovich looked at him differently. Although maybe it was just his imagination.

In the kitchen, they met Lyudochka:

— Oh, guys, great that you came to help! I'm having trouble managing on my own. — Lyudochka led them to the potato bins. — This is all that needs to be peeled, — she made a sweet face.

— So, we'll be working until morning, — Lyoha gasped.

— Уверена, вы быстро справитесь! — Людочка подмигнула Лёхе. — Я пойду доделаю свою работу и вернусь к вам.

— Так, половина моя, а половина — твоя. Понял? — Алекс насупился и без раскачки взялся за работу. Тошнотворный запах гнилой картошки и ещё какой-то химии шибал в нос, и ему хотелось побыстрее разделаться с заданием и выбраться на свежий воздух. Он боялся, что его стошнит, но виду не подавал.

Лёха же, наоборот, оттягивал работу как только мог. Он проверил все тумбочки и ящики, заглянул во все двери.

— О, печеньки! — он нашёл целую коробку, приготовленную всем к чаю. Алекс нахмурился. Лёха раздражал его всё больше и больше.

— Спокойно... — прошептал себе Алекс.

Резко отшивать Лёху он не хотел, боялся, чтобы он под наркотой не проболтался о происшествии на пляже. Лучше держать его под присмотром.

— Я — всё, — Алекс воткнул нож в последнюю очищенную картошину из своей половины.

— Как ты так быстро? — удивился Лёха. — Дома часто тренируешься? — он попытался пошутить.

— Да, помогаю маме. И тебе советую. — Алекс похлопал Лёху по плечу. — В жизни надо всё уметь!

— Я умею, — буркнул Лёха. — Поможешь? — спросил он с надеждой.

— Не-а, — Алекс с удовольствием потянулся, — потопал я. Привет Людочке, — он подмигнул Лёхе.

— О, Людочка! — осенило Лёху. — Людочка! — позвал он с надеждой. — Людмила, ау...

– I'm sure you'll manage quickly! – Lyudochka winked at Lyoha. – I'll go finish my work and come back to you.

– Okay, half is mine, and half is yours. Got it? – Alex scowled and started working without hesitation. The stinking smell of rotten potatoes and some kind of chemical made him want to get the task over with quickly. He was afraid he'd get sick but didn't show it.

Lyoha, on the other hand, was dragging out the work as much as he could. He checked all the shelves and drawers, looked into every room.

– Oh, cookies! – he found a box of cookies prepared for tea. Alex frowned. Lyoha was annoying him more and more.
– Calm down... – Alex whispered to himself.

He didn't want to abruptly stop Lyoha, fearing he might spill the beans about the incident on the beach. It was better to keep him under surveillance.

– I'm done, – Alex stuck the knife into the last peeled potato from his half.
– How did you do that so quickly? – Lyoha was surprised. – Have some practice at home? – he tried to joke.
– Yeah, I help my mom. And you should too. – Alex patted Lyoha on the shoulder. – You need to be able to do everything in life!
– I can do it, – Lyoha grumbled. – Can you help? – he asked with hope.
– No-ah, – Alex stretched with pleasure, – I'm done. Say "hello" to Lyudochka, – he winked at Lyoha.
– Oh, Lyudochka! – it dawned on Lyoha. – Lyudochka! – he called with hope. – Lyudmila, hello...

— Да-да, — Людочка материализовалась в дверях. Ей было уже 20 лет, а личная жизнь, как ей казалось, не складывалась. Замуж не вышла, детей нет, а по меркам её села она уже была почти старой девой. Поэтому у неё в голове созрел гениальный план: забеременеть от городского, женить на себе, прописаться в городе. Со старшими в лагере у неё не получалось, так как все пользовались презервативами, а вот неопытный юнец был самое то.

— Чего изволите? — вкрадчиво и многозначительно спросила Людочка.

— Может, поможешь? — слегка оторопел Лёха, услышав призывные нотки в ее голосе.

— Конечно помогу, — Людочка вплотную подошла к нему. — Помогу, — выдохнула она ему, прямо в губы.

Лёха почувствовал, как всё внутри него закипело от желания. Он накинулся на Людочку как голодное животное, не зная ни страха, ни сомнения. Но всё закончилось так быстро, что Лёха даже не понял, что это было. Он тяжело дышал ей в шею, а в голове пульсировало: «Я сделал это, я сделал это!»

— Ну, ты горячий! — Людочка отряхнула юбку. — Заходи ещё, повторим, — она подмигнула ему и удалилась.

«Что это было? — Лёха обалдело натягивал штаны. — Я супер-мачо!» Ему хотелось прыгать от счастья.

Так Людочка стала его вторым наркотиком. Он бегал к ней каждый день, любил быстро и неистово. Ему казалось, что он обладает не только ею, но и всем миром. Людочка укрепляла это чувство.

— О, ты такой классный! — шептала она ему, тесно прижавшись.

– Yeeess, – Lyudochka materialized in the doorway. She was 20-ish years old but her private life, as she thought, was not working out. She didn't get married, had no children, and by the standards of her village, she was almost an old maid. That's why a brilliant plan had formed in her head: get pregnant by a city guy, marry him, and get registered in the city. She couldn't succeed with the elder guys in the camp, as they all used condoms, but an inexperienced young man was just the right one.

– What can I do for you? – Lyudochka asked insinuatingly and meaningfully.

– Could you help? – Lyoha was slightly taken aback, hearing the inviting notes in her voice.

– Sure, I could, – Lyudochka approached him closely. – I could, – she breathed out right onto his lips.

Lyoha felt everything inside him seething with desire. He pounced on Lyudochka like a hungry animal, knowing no fear or doubt. But it was over so quickly that Lyoha didn't even understand what had happened. He was heavily breathing into her neck, and his head was pulsing: "I did it, I did it!"

– Wow, you're hot! – Lyudochka brushed off her skirt. – Come again to do it, – she winked at him and left.

"What was that? – Lyoha was dazedly pulling up his pants. – I'm super macho!" He wanted to jump for joy.

So, Lyudochka became his second drug. He visited her every day, loved her quickly and fiercely. It seemed to him that he possessed not only her, but the whole world. Lyudochka reinforced this feeling.

– Oh, you're so great! – she whispered to him, pressing close.

Лёха летал в облаках: днём от Людочки, вечером от таблеток.

Людочка же и спустила его на землю:
— Я беременна! Ты счастлив?! — объявила она Лёхе за пару дней до отъезда.

Лёхе показалось, что его окатили ушатом холодной воды.

— Ты — что? — губы его с трудом шевелились.
— Беременна, Лёшенька! Это такое счастье! — Она смотрела на него своими голубыми глазами. — У тебя будет сын!
— Сын... — эхом повторил Лёха.
— А когда мы поженимся? — не умолкала Людочка.
— Поженимся... — растерянно повторял Лёха. Он совсем не понимал, что делать в такой ситуации, как себя вести. Ему казалось, земля уходит из-под ног. Ну почему это всё с ним происходит? Лёха мысленно взвыл: «Маша, где ты? С тобой было так хорошо и спокойно!»
— Лёшенька, не волнуйся! Я с тобой поеду! Уволюсь с работы и буду рядом с тобой. Теперь всё будет хорошо! Слышишь?! — горячо шептала Людочка ему на ухо.

Лагерь опять гудел. Очередной скандал: повариха забеременела от школьника! Такого лета у них ещё не было.

Пётр Иванович увёл Лёху в лес, чтобы откровенно поговорить.

— Значит так, она говорит, что ты её изнасиловал, но она не хочет тебе жизнь ломать, потому что ты ещё очень молодой. Это так? Говорит, если женишься, то она не будет писать заявление об изнасиловании. Мол, ребёнку отец нужен.

For you, Sweetheart

Lyoha was floating on clouds: during the day from Lyudochka, in the evening from the pills.

But Lyudochka brought him back down to earth:
– I'm pregnant! Are you happy?! – she announced to Lyoha a couple of days before leaving.

It seemed to Lyoha that he had been doused with a bucket of cold water.

– You – what? – his lips could barely move.
– Pregnant, Alyosha! This is such happiness!!! – She looked at him with her blue eyes. – You'll have a son!
– A son... – Lyoha echoed.
– And when are we getting married? – Lyudochka didn't stop.
– Getting married... – Lyoha repeated in confusion. He didn't understand at all what to do in this situation, how to behave. It seemed to him that the ground was slipping away from under his feet. Why was all this happening to him? Lyoha mentally howled: "Masha, where are you? It was so good and calm with you!"
– Lyoshenka, don't worry! I'll go with you! I'll quit my job and be by your side. Now, everything will be fine! Do you hear me?! – Lyudochka whispered hotly in his ear.

The camp was buzzing again. Another scandal: the cook got pregnant by a schoolboy! They had never had such a summer.

Petr Ivanovich took Lyoha into the forest to have an honest talk.

– Listen, she says you raped her, but she doesn't want to ruin your life because you're still very young. Is that true? She says if you marry her, she won't file a rape complaint. She says the child needs a father.

Лёха уже плохо соображал: убийство Грэма, наркотики и Людочка совсем отключили ему мозги.

— А может, это она тебя соблазнила? И это её надо под статью о совращении несовершеннолетних? Ну? Говори!!! Не бойся!!!

Лёхе казалось, что его мозг закипает. Ему хотелось рыдать... и ещё одну таблетку, чтобы перестать думать, бояться и что-то решать. Ему вдруг показалось, что рядом с Людочкой, в её объятиях всё изменится и успокоится. У него будет сын и семья, как у взрослого мужчины.

— Да, это мой ребёнок. Я её люблю и женюсь на ней, — выпалил Лёха на одном дыхании, боясь, что передумает.
— У меня были планы на тебя, Алексей. — Пётр Иванович сжал губы. — Жаль, что всё так получилось. Из команды ты будешь отчислен. У тебя теперь семья, ребёнок. Ищи работу, тебе надо их кормить. Желаю счастья, — Пётр Иванович развернулся и пошёл к лагерю, не попрощавшись.

И Лёха, с горечью глядя тренеру вслед, осознал, что вместе с ним уходит всё хорошее из его жизни..

Вернувшись в город, он старался как можно реже выходить из дома, чтобы не встретиться с Машей и ребятами из команды. Он не знал, как им всё объяснить и как смотреть в глаза. Редкие выходы за таблетками и в магазин напоминали вылазки нашкодившего кота.

А потом у Людочки случился выкидыш. Сказалось то, что Лёха употреблял наркотики. Он и родители вздохнули с облегчением, благо свадьбу ещё не успели сыграть.

For you, Sweetheart

Lyoha was already thinking poorly: the murder of Gram, drugs, and Lyudochka had completely turned off his brain.

– Or maybe she seduced you? And she should be charged with the corruption of a minor? So? Talk to me!!! Don't be afraid!!!

It seemed to Lyoha that his brain was boiling. He wanted to cry... and take another pill to stop thinking, being afraid, and making decisions. He suddenly felt that next to Lyudochka, in her embrace, everything would change and calm down. He would have a son and a family, like a grown man.

– Yes, it's my child. I love her and I'll marry her, – Lyoha blurted out in one breath, afraid he might change his mind.
– I had plans for you, Alexey. – Petr Ivanovich pursed his lips. – It's a pity it turned out this way. You'll be expelled from the team. Now you have a family, a child. Find a job, you need to feed them. I wish you all the best, – Petr Ivanovich turned around and went back to the camp, without saying goodbye.

And Lyoha, bitterly watching the coach leave, realized that with him went all the good things in his life...

When he backed to the city, he tried to go out as less as possible to avoid meeting Masha and the guys from the team. He didn't know how to explain everything to them and how to look into their eyes. Rare outings for pills and for shopping were like the escapades of a mischievous cat.

And then Lyudochka had a miscarriage. It was due to the fact that Lyoha was drug user. He and his parents sighed with relief, fortunately, the wedding hasn't happened yet.

Людочка была безутешна. Рухнули все её планы. Проплакав несколько дней, она решила, что лучше так, чем жизнь с наркоманом. Собрала вещи и уехала домой.

В тот день Лёха напился на радостях и, о чудо, встретил Машу, тоже пьяную. Он пытался её обнять и поцеловать, пытался коснуться её груди, но его и её шатало в разные стороны, так что ничего не вышло. А потом вдруг появился Машкин отец и отнёс её домой.

Но Машка так никогда об этом не узнала. Как не узнала и о том, что Лёха перешёл на тяжёлые наркотики, задолжал Дэну большую сумму. Решил ограбить магазин, чтобы с ним рассчитаться. Попался. И сел в тюрьму на долгие годы.

***

«Здравствуй, дорогой дневничок!

Несколько дней назад были кошмарные события! Я думала, что это не со мной. Я поругалась с отцом. А ещё он меня ударил. По лицу! Кошмар! Как он мог! Никогда его не прощу!.. Он думает, что он главный, а остальные так, принеси-подай... Ненавижу!..»

Я задумалась... События тех дней действительно отдалили меня от отца. Хотя, если без лукавства, я была благодарна ему за то, что он меня нашёл в тот вечер и отнёс домой. Не знаю, чем бы всё это закончилось, если бы не он. Хотя почему не знаю... Знаю. Я была лёгкой добычей, и никто бы за меня не заступился. «Любили» бы меня все кому не лень... Господи, почему мозги появляются только с возрастом?

Lyudochka was inconsolable. All her plans had collapsed. After crying for several days, she decided that it was for the best than to live with a drug addict. She packed her bags and went home.

That day, Lyoha got drunk for joy and, what a miracle, met Masha, also drunk. He tried to hug and kiss her, tried to touch her breasts, but they were swaying in different directions, so nothing came of it. And then suddenly Mashka's Dad appeared and took her home.

But Mashka has never found out about this. As well as she didn't know that Lyoha had moved on to hard drugs, owed Dan a big money. He decided to rob a store to settle with him. Got caught. And went to prison for many long years.

* * *

"Dear Dairy!

A few days ago, there were horrible things! I couldn't believe that it was happening to me. I quarrelled with my father. And he even hit me. In the face! Nightmare! How could he! I'll never forgive him!.. He decides he's the boss, and the rest are just servants... I hate him!.."

I wonder... The events of those days really distanced me from my father. Although, to be honest, I was grateful to him for finding me that evening and taking me home. I don't know how it all would have ended if it wasn't for him. Although, why I don't know... I know. I was easy prey, and no one would have stood up for me. Everyone who wanted to would have "loved" me... My God, why do brains only appear with age?

На следующий день отец не пошёл на работу, а я – в школу. Я еле поднялась с постели: тошнило и гудела голова.

— Может, пивасика? – съязвил отец. – Говорят, с бодуна помогает. – Он сжал кулаки.

Я молча присела на стул, боясь пошевелиться. Если честно, боялась не столько отца, сколько того, что меня стошнит.

— Хорошо вчера погуляла? – отец еле сдерживал себя. – Значит так, до конца года никаких гулек. Запишись на пару кружков. Сама выбери, какие нравятся. И всё. Учёба и кружки, кружки и учёба. Это понятно?

Я молча кивнула (рот я боялась открыть из-за всё той же предательской тошноты).

— Вот крепкий чай, – отец поставил передо мной свою большую чашку. – Выпей и иди в постель. Мама в школе предупредила, что тебя сегодня не будет.

Я молча пила чай и не ощущала ни малейшей обиды из-за такого наказания. Мне было всё равно. Надоели все эти мальчики-девочки, люблю-не люблю, поцеловал-не поцеловал.

И только сейчас я поняла, что это была отличная идея: она спасла меня от самой себя и от зловещего мира вокруг. Я ушла с головой в учёбу. И даже начала получать от этого удовольствие. Мне стало нравиться, как ни странно, готовиться к урокам: читать учебники, решать задачи. Я спряталась в этом мире формул и неведомых раньше иностранных слов, и познавала новое с радостью и жадностью малышей.

The next day, my father didn't go to work, and I didn't go to school. I could barely get out of bed: I was nauseous, and my head was pounding.

— Maybe some beer? – my father sneered. – They say it helps with a hangover. – He clenched his fists.

I silently sat down on a chair, afraid to move. To be honest, I was afraid not so much of my father as of the fact that I might throw up.

— Had a good time yesterday? – my father was barely holding himself back. – Listen to me, until the end of the year, no chilling. Visit some activities. Choose couple of them that you like. And that's it. Study and activity, activity and study. Is that clear?

I nodded without a word (I was afraid to open my mouth because of the same treacherous nausea).

— Here's a strong tea, – my father placed his large cup in front of me. – Drink it and go to bed. Mom called to school and said you'll skip today.

I drank my tea in silence and didn't feel the slightest offense at such a punishment. I didn't care. I was tired of all these boys-girls, love-don't love, kissed-didn't kiss.

And only now I realise that it was an excellent idea: it saved me from myself and the ominous world around me. I immersed myself in my studies. And I even began to enjoy it. To my surprise, I started to like preparing for classes: reading textbooks, solving problems. I hid in this world of formulas and previously unknown foreign words, and I discovered new things with the joy and greed of kids.

Учителя начали меня хвалить, пророча лёгкое поступление в вуз. Одноклассники косо поглядывали, но старались не ссориться, чтобы я давала списывать. Олька пересела от меня поближе к Пашке с Витькой, посетовав: «Скучная ты какая-то стала».

Пашка всё так же смотрел на меня влюблёнными глазами, а я на него – с тоской. Почему он не предлагал мне встречаться? Он вообще ничего не предлагал. Только танцевал со мной медленные танцы на дискотеке. Я только ради этого туда и ходила.

А поскольку после моих экспериментов с алкоголем и сигаретами меня от них отвернуло, я старалась приходить на праздники как можно позже, когда все уже выпили и покурили, и никому не было дела до меня. Правда, было дико смотреть на пьяных одноклассников, но я старалась не показывать своих чувств.

Я записалась на один кружок, а не на два. Это было рисование. Я и подумать не могла, насколько оно меня увлечёт. Погрузилась в мир красок, открывая для себя всё новые и новые тона и полутона. Учителя многозначительно кивали:

— Неплохо, неплохо... Может выйти толк.
— Да кому это нужно?! – спорил отец с мамой на кухне по вечерам. – Будет сидеть у фонтана с табличкой «Нарисую ваш портрет»? Ты знаешь, сколько художники зарабатывают? И даже не в таланте дело, а в блате! В блате! Мать его! Где я тебе его возьму?! Пойдёт на экономический, я там хоть декана знаю.

Мы с мамой одновременно вздохнули: «Как жаль, что нельзя делать выбор по сердцу».

The teachers began to praise me, predicting an easy admission to university. Classmates looked at me askance, but tried not to quarrel so that I would let them cheat. Olka moved closer to Pashka and Vit'ka, complaining: "You've become so boring."

Pashka still looked at me with love, and I looked at him with sadness. Why didn't he ask me to date? He didn't suggest anything at all. He just danced slow dances with me at the disco. That was the only reason I went there.

And since after my experiments with alcohol and cigarettes I turned away from them, I tried to come to the parties as late as possible, when everyone had already drunk and smoked, and no one cared about me. It was wild to watch my drunk classmates, but I tried not to show my feelings.

I chose one activity, not two. It was drawing. I couldn't have imagined how much it would captivate me. I immersed myself in the world of colours, discovering new tones and shades. The teachers nodded meaningfully:

– Not bad, not bad... Something might come of it.
– Who needs this?! – my father argued with my mother in the kitchen in the evenings. – To sit by the fountain with a sign "I'll draw your portrait"? Do you know how much artists earn? And it's not even about talent, it's about networking! Networking! Where am I supposed to get it for you?! She'll go to the economics department; I at least know the leader of a school.

My mom and I sighed simultaneously: "It's so pity we can't make a choice from the heart."

А спустя лет десять, когда отец приехал погостить к нам, я вдруг спросила у него:

— Пап, а почему ты меня тогда ударил? Ты же никогда меня не бил. До сих пор, когда вспоминаю тот день, во мне обида просыпается...

— Хорошо, что ты спросила, — помедлив, ответил он. — Я столько лет ждал этого вопроса, ждал, когда ты наконец будешь не в силах держать это в себе. Нельзя, Машенька, столько носить в себе обиды, понимаешь... Нельзя... Надо говорить, разговаривать, понимаешь, тогда и тебе легче будет. — Он обнял меня, поцеловал. — Я тебя очень люблю! Очень! Прости, что не сдержался тогда. Мне тогда рассказали, что у бабушки ты с братьями спуталась, сразу с двумя... Что вы там втроём... ну это... понимаешь?

— Папа, какой ужас! — гнев рвал меня на части. — Как ты мог в такое поверить...

— Да я так и понял потом, что это неправда, вижу, какая ты... а тогда... современная молодёжь, кто вас знает...

— Папа!!!

— У меня тогда внутри всё бурлило! Маш, прости меня, ради Бога, слышишь!

Обида меня накрыла с двойной силой: мало того, что меня оболгали, так ещё и отец в это поверил! И ударил! Ни за что!!!! Я молча встала и вышла.

— Машунь... — виновато позвал отец, но я уже прикрыла за собой дверь.

Мне понадобилось ещё лет десять, чтобы справиться с этой обидой. Возможно, пойди я к психологу, он помог бы мне избавиться от бремени этой обиды и вызванных ею последующих неприятностей намного быстрей.

And ten years later, when my father came to visit us, I suddenly asked him:

– Dad, why did you hit me that day? You've never hit me before. Even now, when I remember that day, I feel offended...
– It's good that you ask, – he answered after a pause. – I've been waiting for this question for so many years, waiting for the time when you would no longer be able to hold this inside. You can't, Masha, carry so much resentment within you, do you understand what I mean?.. You can't... You have to talk, communicate, you know, then it will be easier for you too... – He hugged me and kissed. – I love you so much! So much! Forgive me, please, for not holding back then. I was told then that at grandma's you got mixed up with those cousins, right away with two... That you three were there... well, you know?
– Dad, that's awful! – anger was tearing me apart. – How could you believe in such a thing...
– Yeh, later I understood that it wasn't true, I see what kind of person you are... but then... modern teens, who knows you...
– Dad!!!
– I was boiling inside then! Masha, forgive me, for God's sake, do you hear!

The offense overwhelmed me with double force: not only was I slandered, but my father also believed it! And hit me! For nothing!!!! I got up and left wordless.

– Masha... – my father called guiltily, but I had already closed the door behind me.
It took me another ten years to overcome this offense. Perhaps, if I visited a psychologist, he would have helped me get rid of the burden of this offense and the subsequent troubles it caused much faster.

Возможно, если бы мы с ним тогда поговорили, эта обида не тлела бы во мне многие-многие годы. И мои отношения с мужчинами выстраивались бы совсем по-другому. Психологи считают, что такие вещи связаны между собой. Не знаю, им виднее. Знаю только, что без этой обиды я вряд ли открыла бы для себя мир искусства. А может, я в нём и пряталась от всех?..

Все эти годы я считала, что отец меня совсем не любит, а только использует: убери, приготовь, да и на старости помощь...

Я очень долго не понимала, что добрая половина проблем в моей жизни порождена этой обидой. Из-за нее я жила все эти годы, ожидая, на подсознательном уровне, подвоха и предательства от родного человека; боялась до конца открыться, вдохнуть на полную грудь счастье: осторожнее! когда ты слабая, даже близкие могут ударить!

Не могу сказать, что такая самозащита делала меня сильнее. Нет, за ней крылась слабость, уязвимость. А близкие это воспринимали как внутреннюю силу.

И очень долго, очень осторожно, периодически натыкаясь на лекции и статьи по психоанализу и саморазвитию, я избавлялась от гнетущего налёта прошлого, снимая его пласт за пластом, то рыдая, то входя в ступор, то ругая всех на свете, и себя в том числе. Было больно, было обидно, но это дало свои результаты: стало легко и понятно...

Perhaps if we had talked about it then, this offense would not have smouldered in me for many, many years. And my relationships with men would have developed quite differently. Psychologists believe that such things are interconnected. I don't know, they know better. I only know that without this offense, I probably wouldn't have discovered the world of art. Or maybe I was hiding in it from everyone?..

All these years I believe my father doesn't love me at all, but only uses me: clean up, cook, and help in old age...

I didn't understand for a very long time that a good half of the problems in my life were generated by this offense. Because of it, I lived all these years, subconsciously expecting betrayal and treachery from a loved one; I was afraid to open up completely, to breathe happiness to the fullest: be careful! when you're weak, even loved ones can hit you!

I can't say that such self-defence made me stronger. No, it was hidden weakness, vulnerability. And loved ones perceived this as inner strength.

And for a very long time, very carefully, stumbling upon lectures and articles on psychoanalysis and self-development from time to time, I got rid of the oppressive patina of the past, removing layer after layer, sometimes crying, sometimes going into a stupor, sometimes cursing everyone in the world, including myself. It was painful, it was offensive, but it yielded results: it became easy and clear...

= Первый секс =

— Мам, ты чего на полу сидишь? — я так улетел в воспоминания, что не услышала, как пришла дочка. — Что у тебя за тетрадь? Старый конспект? Решила освежить знания? — Юлька усмехнулась.

Я медленно закрыла тетрадь, возвращаясь к реальности.

— Ты так рано вернулась. Что-то случилось? Отменили занятия? — я сменила тему, так как была не готова сейчас обсуждать ни дневник, ни то, что было в нём записано.

— Мам, уже вечер! По-моему, ты заучилась! — и действительно, начинало темнеть, а я и не заметила. — И потом, — Юлька возбуждённо щебетала, а это означало, что день удался, — это же английский! За него столько денег заплачено! Кто же его отменит? — съязвила она.

— Юлька, я тебя люблю! — меня накрыла волна любви и нежности.

— Мамочка, если ты меня любишь, позволь Новый год с ребятами у нас отметить, — Юлька выдавливала из себя всю ласку, на какую была способна, обнимая меня и заглядывая в глаза, как малыш, выпрашивающий конфету.

— Даже не знаю, — я сомневалась, это же полный дом молодёжи... и пыталась побыстрее сообразить, что же делать и как сказать семнадцатилетней дочери, что не очень-то хочу получить такой подарок на праздник у себя в доме — двадцать выпивших одногруппников (а что они будут пить, я не сомневалась, как и в том, что пить они не умеют). — Возможно, у кого-то ещё больше квартира, и вам там будет удобнее.

= First sex =

– Mom, why are you sitting on the floor? – I had gotten so lost in my memories that I didn't hear my daughter come in. – What's that notebook? An old set of notes? Decided to refresh your knowledge? – Yulka chuckled.

I slowly closed the notebook, returning to reality.

– You're back so early. Did something happen? Were the classes cancelled? – I changed the subject, as I wasn't ready to discuss the diary or what was written in it right now.

– Mom, it's evening now! I think you've been studying too much! – really, it was starting to get dark, and I hadn't even noticed. – And besides, – Yulka chirped excitedly, which meant her day had gone well, – it's English class! So much money has been paid for it! Who would cancel that? – she sneered.

– Yulka, I love you! – a wave of love and tenderness washed over me.

– Mommy, if you love me, let me celebrate the New Year with the guys at our place, – Yulka squeezed out all the affection she was capable of, hugging me and looking into my eyes like a child begging for a candy.

– I don't know, – I doubted, this would be a full house of young adults... and I tried to quickly figure out what to do and how to tell my seventeen-year-old daughter that I didn't really want to get such a gift for the holiday in my own home – twenty drunk classmates (and I had no doubt that they would be drinking, and that they don't know how to drink). – Maybe someone else has a bigger apartment, and it will be more convenient for you there.

«Отговорка так себе...», – подумала я.

– Ну почему ты всегда против! – возмутилась Юлька, мгновенно перейдя от ласки к гневу. Ох уж мне эти перепады настроения... – Вы всегда мне всё запрещаете! – Юлька уже плакала.

– Юлечка, не плачь, – я еле сдерживала смех. Тоже мне повод для слёз! Но смеяться нельзя! Это я помнила. – Давай с папой поговорим, – я попыталась её обнять, но она уворачивалась. – И если он разрешит, то гуляйте, – на этой фразе Юлька позволила себя обнять и уткнулась мне в плечо, шмыгая носом. Я гладила её по голове.

– Юля, – продолжила я вкрадчиво, – надеюсь, ты понимаешь, что никаких наркотиков и секса в нашей квартире...

– Мама! – взвилась Юлька. – Что ты такое говоришь!

– Ш-ш-ш-ш, – я прижала её голову к своему плечу, как это делают с младенцами, когда они плачут, – я должна была напомнить. И потом, если у тебя будет секс... Я не говорю, что прям на вечеринке... Я надеюсь, ты не будешь спешить с этим делом. Но если всё же будешь с парнем по взаимной любви и желанию, то пользуйтесь, пожалуйста, презервативами...

– Мама! Я взрослая! – отскочила от меня Юлька как ужаленная. – Я всё знаю! – она отвернулась к окну и громко засопела.

– Да, солнышко, конечно, ты взрослая! Это я уже старая, плохо с памятью, вот и забываю об этом. Прости! – я попыталась её снова обнять. Юлька развернулась ко мне и тоже меня обняла.

– Мамочка, никакая ты не старая! Ты очень красивая! И молодая! – поспешила она добавить. – Я тебя очень люблю! Просто я очень хочу, чтобы вечеринка была именно у меня! Это так круто! У тех ребят, кому родители разрешают вечеринки проводить, сразу столько друзей появляется!

"What a lame excuse...", – I thought.

– Why are you always against it! – Yulka indignantly protested, instantly switching from affection to anger. Oh, these mood swings... – You always forbid me everything! – Yulka was already crying.

– Yulya, don't cry, – I could barely hold back a laugh. What a reason to cry! But you can't laugh! I remembered that. – Let's talk to your dad, – I tried to hug her, but she dodged. – And if he allows it, then go ahead, – at this phrase Yulka allowed herself to be hugged and buried her face in my shoulder, sniffling. I stroked her head.

– Yulya, – I continued persuasively, – I hope you understand that no drugs and no sex in our apartment...

– Mom! – Yulka flared up. – What are you talking?

– Shhh, – I pressed her head to my shoulder, like they do with babies when they cry, – I had to remind you. And besides, if you have sex... I'm not saying right at the party... I hope you won't rush into this. But if you do decide to be with a guy out of mutual love and desire, please use condoms...

– Mom! I'm an adult! – Yulka jumped away from me as if stung. – I know everything! – she turned to the window and sniffed loudly.

– Yes, darling, of course you're an adult! It's me who's already old, with a bad memory, that's why I forget about it. Forgive me! – I tried to hug her again. Yulka turned to me and hugged me back.

– Mommy, you're not old at all! You're very beautiful! And young! – she hurried to add. – I love you so much! I just really want the party to be at my place! It's so cool! The guys whose parents let them have parties right away have so many friends!

— Друзья — это хорошо, особенно когда они надёжные, — мне стало немного грустно, так как у меня было мало друзей. — Я знаю, — продолжила я, стараясь совладать со своей грустью, — у тебя хорошие и весёлые подруги. Но я хочу, чтобы ты знала, что я тебя очень люблю и я всегда приму твою сторону. И если, не дай Бог, с тобой что-то случится, моё сердце и двери дома всегда открыты для тебя, — у меня на глаза навернулись слёзы. — И в каком бы ты состоянии ни была, я тебя приму! И что бы с тобой ни случилось, я всегда помогу! — теперь носом шмыгала уже я.

— Мамочка, не плачь, пожалуйста! — Юлька сжала меня в объятиях. — Я тебя очень люблю! — она чмокнула меня в щёку. — Спасибо!

Мы так и стояли обнявшись, глядя в окно, пока совсем не стемнело. И было как-то очень тепло на душе и спокойно, потому что Юлька меня обнимала, обнимала нежно-нежно, как самого родного человека.

***

— Парни сказали, с нас салатики, с них — алкоголь, — Юлька чувствовала себя звездой. Теперь весь мир вращался вокруг неё. Она очень хотела, чтобы её вечеринка всем запомнилась и её ещё долго обсуждали.

Мама смогла уговорить папу, и он неожиданно быстро согласился на Юлькину просьбу. Родители решили, что будут отмечать Новый год у соседей. Юлька сначала разволновалась, что они будут заходить с проверками, но мама клятвенно пообещала, что такого не будет. Оставалось только верить и надеяться.

– Friends are good, especially when they're reliable, – I felt a little sad, since I had few friends. – I know, – I continued, trying to control my sadness, – you have good and fun friends. But I want you to know that I love you very much and I will always be on your side. And if, God forbid, something happens to you, my heart and the doors of our home will always be open to you, – tears welled up in my eyes. – And in whatever state you may be, I will accept you! And whatever happens to you, I will always help! – now I was the one sniffling.

– Mommy, don't cry, please! –Yulka squeezed me in a hug. – I love you so much! – she kissed me on the cheek. – Thank you!

We stood embracing, looking out the window, until it got completely dark. And it felt so warm and calm inside, because Yulka was hugging me, hugging me tenderly, like the most beloved person.

* * *

– The guys said, salads on us, alcohol on them, – Yulka felt like a star. Now the whole world revolved around her. She really wanted her party to be remembered by everyone and discussed for a long time.

Mom was able to convince Dad, and he unexpectedly quickly agreed to Yulka's request. The parents decided they would celebrate the New Year at the neighbours'. Yulka was initially worried that they would come to check on them, but Mom solemnly promised that this would not happen. All that remained was to believe and hope.

— А давайте все придём в карнавальных костюмах, — предложил кто-то. Теперь каждую перемену девочки обсуждали предстоящий праздник.

— Да что мы, малолетки? — все дружно засмеялись. — Придём в костюмах, как на утренник в детском садике!

На смех пришли парни.

— Давайте устроим пляжную вечеринку, — у них загорелись глаза. — Девушки все в купальниках!

— А парни с голым торсом, — Юлька заёрзала на стуле, представив Майкла без футболки.

Он ей очень нравился, и она хотела в его объятья. Девочки постоянно рассказывали про своих парней. Уже почти все целовались, а у некоторых даже был секс. И Юлька уже тоже мечтала о таком сладком (как говорили девчонки) и таком запретном (как говорила мама) сексе.

Из всех знакомых парней ей больше всего нравился Майкл. Его пухлые губы хотелось целовать, а игривый взгляд из-под длинной чёлки так и манил к себе. «Хочу-хочу-хочу», — барабанило у Юльки в голове.

— А предки до утра уходят? — Майкл посмотрел на Юльку своим секси-взглядом, и Юлька поплыла.

— Ага, — тягуче ответила она.

— О, значит вся ночь наша... — Юлька старалась выдержать его взгляд и не отводить глаза.

— Конечно! Будет весело! — она пыталась не показывать своего возбуждения. А в голове по-прежнему барабанило: «Хочу-хочу-хочу».

For you, Sweetheart

– Let's all come in carnival costumes, – someone suggested. Now every break the girls discussed the upcoming holiday.
– Are we kids? – everyone laughed together. – We'll come in costumes, like for a morning performance in kindergarten!

The laughter was joined by the guys.

– Let's have a beach party, – their eyes lit up. – Ladies in bikinis!
– And guys are topless, – Yulka squirmed in her chair, imagining Mickle without a shirt.

She really liked him, and she dreamed to be in his arms. The girls were every time talking about their boyfriends. Almost everyone had already kissed, and some even had sex. And Yulka was dreaming of such sweet (as the girls said) and such forbidden (as her mom said) sex.

Of all the guys she knew, she liked Michle the most. She wanted to kiss his plump lips, and his playful gaze from under his long bangs was so alluring. "Wanna-wanna-wanna", – it pounded in Yulka's head.

– Are your rents are taking off until morning, huh? – Michle looked at Yulka with his sexy gaze, and Yulka melted.
– Yeah, – she drawled in response.
– Oh, so the whole night is ours... – Yulka tried to hold his gaze and not look away.
– Sure! It will be fun! – she tried not to show her excitement. And in her head it still pounded: "Wanna-wanna-wanna".

— Нет, давайте не в купальниках, — Манюня надула губки. У неё были пышные формы, но она была такая общительная и весёлая, что никто на это не обращал внимания, и уж тем более не дразнил её. А все ласково называли Манюней, из-за форм конечно.

— Правильно! Лучше без них, — Майкл подмигнул Манюне.

— Да ну! Ты вечно всё опошлишь, — Манюня махнула на него рукой. — Давайте в костюмах, только каждый напишет на бумаге имя героя или образ, сворачиваем в трубочку, бросаем в шапку, и кто что вытянет, тем и будет. Так хоть весело будет. Представь, Майкл, а вдруг тебе балериной быть придётся! — все засмеялись. — Думаю, ты будешь классной балериной!

— Точно! Давайте! — идею приняли с восторгом. — Только давайте держать в тайне до последнего, у кого какой костюм.

— Автор фанта дарит своему герою маленький подарок, — пришла ещё одна идея в голову Манюни.

— Супер! С подарками ещё круче! — все заметно оживились, ведь так здорово получать подарки!

Следующий урок пропал: учителя никто не слушал, все перешёптывались, смеялись и ёрзали на местах, пытаясь придумать смешной или сексуальный образ. Еле дождались конца урока. Побросали бумажечки в шапку и с нетерпением начали их доставать. Хохот стоял невозможный. Кто-то кричал, что никогда так не оденется, и требовал перетянуть фант, кто-то хитро улыбался, а кто-то смеялся до слёз. Но никому повторно тянуть фант не разрешили.

— Так, народ! — Юлька встала на стул, чтобы её было видно и слышно. — Кому не нравится костюм, может не приходить на вечеринку.

— Точно! Точно! — поддержали её многие.

– No, let's not do in bikinis, – Honeybunch pouted her lips. She had lush forms, but she was so sociable and cheerful that no one paid attention to it, and certainly didn't tease her. And everyone affectionately called her Honeybunch, because of her forms, of course.

– Right! Better without them, – Michle winked at Honeybunch.

– Oh, come on! You always vulgarize everything, – Honeybunch waved at him. – Let's do costumes, but everyone writes the name of a character or an image on a piece of paper, rolls it up into a tube, throws it into a hat, and whoever pulls out what, that's what they'll be. At least it will be fun. Imagine, Michle, what if you have to be a ballerina! – everyone laughed. – I think you'll make a great ballerina!

– Exactly! Let's do it! – the idea was enthusiastically accepted. – But let's keep secret until the last moment what you are.

– The author of the forfeit gives a character a small gift, – another idea visited Honeybunch's head.

– Great! It's even better with the gifts! – everyone noticeably perked up, because it's so great to receive gifts!

The next class was lost: no one listened to the teacher, everyone whispered, laughed and squirmed in their seats, trying to come up with a funny or sexy image. They could hardly wait for the end of the class. They threw the little papers into the hat and eagerly began to pull them out. The laughter was unbearable. Someone screamed that they would never dress like that and demanded to draw a forfeit again, someone grinned slyly, and someone laughed until they cried. But no one was allowed to draw a forfeit again.

– Okey, guys! – Yulka stood on a chair to be seen and heard. – If you don't like the costume, you cannot come to the party.

– Right! Right! – many supported her.

— Вход на вечеринку в костюме и с фантом! — Юльке попался фант единорога, что очень порадовало: можно сделать секси-секси, а главное — есть из чего! Она загадочно улыбалась. «Скорей бы Новый год!», — подумала она.

***

Я видела и чувствовала, как Юлька ждала своей вечеринки! Так маленькие дети ждут Нового года. И не столько даже самого Нового года, сколько прихода сказочного волшебника, который принесёт им заветный подарок. И тогда вся жизнь меняется. Есть «до» и «после». Как жаль, что радость от подарка быстро проходит, и дети опять ждут праздника и появления волшебника.

Никогда не понимала: зачем этот праздник, как и многие другие? Почему надо ждать целый год, чтобы произошло чудо? Почему «волшебник» приходит только раз в году и только к «хорошим детям»? И если мне приносили подарки, несмотря на все мои «нехорошести», значит, родители ошибались, и я всё делала правильно и хорошо? Смешно...

Я старалась дарить Юльке радость как можно чаще. Но она всё равно ждала Нового года, хотя была уже почти взрослой. Поэтому я уговорила Витю согласиться на эту вечеринку, хотя сама ужасно не хотела и боялась её. Но ещё больше я боялась расстроить Юльку. Ведь всё равно они будут где-то отмечать. Так лучше уже на нашей территории, успокаивала я себя.

Про секс и мальчиков мы уже не раз с ней разговаривали, и чтобы не раздражать её, я эту тему старалась не затрагивать.

— Entry to the party in costume and with a forfeit! — Yulka got a unicorn forfeit, which pleased her very much: you can do sexy-sexy, and most importantly - there is something to work with! She smiled mysteriously. "I can't wait for New Year's!", — she thought.

* * *

I saw and felt how Yulka was waiting for her party! Just like kids wait for the New Year. And not so much even for the New Year itself, as for the arrival of the fairy-tale wizard who will bring them the coveted gift. And then the whole life changes. There is "before" and "after". How sad that the joy of the gift quickly passes, and kids again wait for the holiday and the appearance of the wizard.

I never understood: why do we need this holiday, and many others? Why do we have to wait a whole year for a miracle to happen? Why does the "wizard" only come once a year and only to "good kids"? And if I got gifts despite all my "badness", does that mean my parents were wrong, and I was doing everything right and well? That's funny...

I tried to give Yulka joy as often as possible. But she still waited for New Year's, although she was almost grown up. So, I convinced Vit'ya to agree to this party, although I was really scared and didn't want to. But I was even more afraid of disappointing Yulka. After all, they would celebrate somewhere. So, it's better to have it on our territory, I consoled myself.

We had already talked about sex and boys with her, and to avoid annoying her, I didn't touch on this topic.

Подружки уже были для неё лучшими советчиками. Хотя что они могли посоветовать и рассказать? Они ещё сами познавали и открывали мир отношений. Я только молилась как могла, чтобы её жизнь была прекрасна.

Мой первый сексуальный опыт был, скажем так, не очень. Не могу сказать, чтобы я с нетерпением ждала этого момента. Такого вожделения, как с поцелуем, я к тому времени не испытывала. Моей страстью уже была живопись, а не мальчики. И общалась я с ними скорее по инерции, чем из желания понравиться и быть вместе.

Пашка просто был рядом. Просто друг. Мне не хотелось его ни соблазнять, ни увлекать. Только сейчас понимаю, что причиной было его враньё с поцелуем. Я боялась подвоха, боялась предательства. Спокойнее было просто покататься на велосипеде, порешать математику, потанцевать пару медленных танцев. Хотя мне было с ним хорошо и интересно, обида и страх не проходили.

А ещё рядом были Оля и Витя. Так мы и держались вместе до окончания школы. Вместе мы были сильны и непобедимы. Ребята принимали меня такой, какой я была. И я была им безмерно благодарна. Мы как бы дополняли друг друга. И казалось, что так будет всегда. Всю жизнь. Но... Конечно же, в один прекрасный момент появилось «НО»! Куда же без него!

Я уже училась на искусствоведа в университете. Папа всё-таки согласился на выбор в пользу искусства, но настоял на более практичной специальности. Был самый обыкновенный день. Я готовилась к занятиям, родители были на работе. И тут пришёл Витя. Я делала эскизы, он болтал о всякой ерунде. А потом вдруг замолчал и подошёл ко мне.

Her friends were already her best advisors. But what could they advise and tell her? They were still discovering and exploring the world of relationships. I just prayed as much as I could for her life to be wonderful.

My first sexual experience was, let's say, not that great. I can't say I was eagerly waiting for this moment. I didn't feel that kind of desire as with a kiss. My passion was already art, not boys. And I talked to them more out of inertia than out of a desire to please and be together.

Pashka was just close to me. Just a friend. I didn't want to seduce or lure him. Only now I do understand that the reason was his lie with the kiss. I was afraid of a trap, afraid of betrayal. It was easier just to ride a bike, solve math problems, and dance a few slow dances. Although, I liked being with him, the resentment and fear didn't go away.

And Olya and Vitya were also there. So, we stuck together until the end of school. We were strong and invincible together. The guys accepted me as I was. And I was eternally grateful to them. We somehow added each other. And it seemed that it would always be like that. Forever. But... Of course, in one nice moment, there was a "BUT!"... Where else without it?

I was already studying art history at the university. Dad finally agreed to my choice of art but insisted on a more practical specialization. It was just an ordinary day. I was preparing for classes, and parents were at work. And then Vitya came. I was drawing sketches, and he was chatting about all sorts of nonsense. And then suddenly, he stopped and came over to me.

— Маша, ты очень красивая! — прошептал Витя мне на ухо. У меня мурашки побежали по телу. — Каждый раз смотрю и не могу оторваться! — этот шёпот заставил меня как заворожённую повернуться к нему и раскрыть губы навстречу. Витя целовал меня нежно и страстно. В голове зашумело. Я не знала, что делать и как. Просто отвечала на его поцелуи. Смутно помню, как мы оказались в постели. Помню, что было немного страшно. Я сжалась в комочек, а он шептал на ухо: «Расслабься, малыш, расслабься…» Но расслабиться как-то не получалось. Слава Богу, Витя всё сделал аккуратно. Мне не было больно, хотя Олька рассказывала, что ей было больно в первый раз. Возможно, от этого я и напрягалась, боялась, что вот сейчас будет больно. Но и удовольствия особенного не получила. Только, наверное, облегчение: «Теперь я – женщина».

— Маша, я хочу быть с тобой! Я тебя люблю! Люблю со школы! — Витя прижал меня к груди.

Я спряталась в его объятиях, не в силах что-либо сказать в ответ. Так мы и лежали долго-долго, он гладил мои волосы, а я слушала биение его сердца.

«Здравствуй, дорогой дневничок!

Сегодня я стала Женщиной! Не могу поверить! Я думала, что это будет как-то по-особенному… свечи, розы и шампанское, как в кино про любовь. А получилось всё как-то совсем не так. Слава Богу, хоть не больно и не было крови. Я очень этого боялась. Витя сказал, что любит меня ещё со школы. Мне с ним хорошо и спокойно. Он всегда рядом. Но почему я не ответила ему? Может, я не люблю его? Или люблю? А что такое тогда любовь? Я запуталась…»

Если честно, тогда я не очень-то пыталась разобраться, что такое любовь, да и в своих чувствах к Вите.

— You're so beautiful, Masha! — Vitya whispered in my ear. I got goosebumps all over my body. — Every time I look at you, I can't tear myself away! — this whisper made me turn to him like I was hypnotized and open my lips to meet his. Vitya kissed me gently and passionately. My head was spinning. I didn't know what to do or how. I just responded to his kisses. Foggily, I remember how we ended up in bed. I remember it was a bit scary. I curled up into a ball, and he whispered in my ear: "Relax, baby, just relax..." But relaxing somehow didn't work out. Thank God, Vitya did everything carefully. I didn't feel pain, although Olka said it hurt the first time. Maybe that's why I tensed up, afraid it would hurt. But I didn't get any special pleasure either. Only a sense of relief: "I'm a woman now".

— Masha, I want to be with you! I love you! I've loved you since school! — Vitya hugged me to his chest.

I hid in his arms, unable to say anything in response. So, we lay there for a long time, he stroked my hair, and I listened to the beating of his heart.

"Dear diary!

Today I became a Woman! I can't believe it! I thought it would be somehow special... candles, roses, and champagne, like in the movies about love. But it all turned out to be quite different. Thank God, at least it wasn't painful and there was no blood. I was really scared of that. Vitya said he's loved me since school. I feel good and calm with him. He's always close to me. But why didn't I answer him? Maybe I don't love him? Or do I? And what is love, then? I'm confused..."

To be honest, back then I didn't really try to figure out what love is, and in my feelings for Vitya.

В моей жизни мало что изменилось. Добавился только секс с Витей. Мы как-то проскочили этап свиданий и перешли сразу к сексу. Возможно, это была ошибка. Потому что потом, во взрослой жизни, мне очень не хватало романтики первых свиданий. Я постоянно искала эту романтику уже в семейных отношениях – и не находила. Поэтому, наверное, я постоянно просила Юлю не спешить с сексом, чтобы хотя бы она в полной мере ощутила всю красоту развития интимных отношений. Послушает ли она меня? Услышит? Поймёт?

Тогда я просто плыла по течению жизни, ничего особо не прося у Вити и не требуя: учёба, Витя, учёба, секс, учёба... ой, а ведь у меня давно не было месячных!!!

– Поздравляю, Вы беременны! – торжественно произнесла гинеколог, – беременность приблизительно шесть недель. Я вам дам направление на УЗИ, там уже точно определим.

Я слушала её, затаив дыхание: «Что скажут родители? А главное, как отреагирует Витя?»

– Вы можете прийти вместе с отцом ребёнка, – продолжала спокойно гинеколог. – Я думаю, он будет рад этому. Когда он услышит биение сердца своего будущего ребёнка, его мир перевернётся.

– Конечно, – как во сне ответила я.

Not much changed in my life. The only thing that was added was sex with Vitya. We kind of skipped the dating stage and went straight to sex. Maybe it was a mistake. Because later, in adult life, I really missed the romance of the first dates. I was constantly looking for this romance in my family relationships – and couldn't find it. That's why I probably asked Yulka every time not to rush into sex, so that at least she could fully feel the beauty of the development of intimate relationships. Will she listen to me? Will she hear? Will she understand?

Back then, I just went with the flow of life, not asking Vitya for much or demanding anything: studies, Vitya, studies, sex, studies... oh, and I haven't had my period in a long time!!!

– Congratulations, you're pregnant! – the gynaecologist continued calmly, – the pregnancy is approximately six weeks. I'll give you a referral for an ultrasound, there we'll determine it exactly.

I listened to her, holding my breath: "What will the parents say? And most importantly, how will Vitya react?"

– You can come with the father of your baby, – the gynaecologist continued calmly. – I suppose he'll be happy about this. When he hears the heartbeat of his future baby, his world will turn upside down.
– Sure, – I answered like in a dream.

***

— Машка!!! Это здорово!!! — Витины глаза горели счастьем и восторгом. — Я так счастлив!!!
— Боюсь, папа не будет счастлив... — Машка немного успокоилась, порадовавшись Витиной реакции, но что скажет папа?
— Папа меня убьёт... — чуть не плакала Машка.
— Не убьёт! — решительно произнёс Витя. — Я попрошу у него твоей руки. Ты же выйдешь за меня замуж? — замер Витя.
— Замуж? — эхом повторила Машка.
— Ну да! Мы будем жить своей семьёй! Мы взрослые люди!

***

— Взрослые люди?! — папа метал молнии. — Взрослые люди, а глупости творите!!!
— Ну почему глупости?!! — завопил Витя. — Это любовь! Понимаете?! А от любви рождаются дети!
— Дети рождаются от секса, а не от любви! — не унимался папа. — Вот ты его любишь? — он ткнул в Машку пальцем.
— Да! — от неожиданности и испуга выпалила Машка.
— Любит она...— растерялся папа. — Вот говорил я матери, что эти ваши посиделки до добра не доведут! Вот — пожалуйста! — папа театрально развёл руки в стороны.
— Вы на Машу не кричите! — вступился Витя. — Ей нервничать нельзя! Вы же хотите здорового внука? — ввернул он.
— Внука я-то хочу, — успокаивался потихоньку отец, — но я также хочу, чтобы Машка закончила университет.
— Закончит, — уверенно сказал Витя. — Я позабочусь!

***

– Masha!!! This is great!!! – Vitya's eyes were shining with happiness and delight. – I'm so happy!!!
– I'm afraid Dad won't be happy... – Masha calmed down a bit, glad of Vitya's reaction, but what will Dad say?
– Dad will kill me... – Mashka almost cried.
– He won't kill you! – Vitya said decisively. – I'll ask for your hand. You'll marry me, won't you? – Vitya froze.
– Marry? – Mashka echoed.
– Yeah! We'll live as our own family! We're adults!

***

– Adults?! – Dad was fuming. – Adults, who're doing stupid things!!!
– Why is it stupid?!! – Vitya yelled. – This is love! You understand?! And children are born from love!
– Children are born from sex, not love! – Dad wouldn't let up. – Do you love him? – he poked a finger at Mashka.
– Yeh! – Mashka blurted out in surprise and fear.
– She loves...– Dad was confused. – That's what I told your mom, that these hangouts of yours wouldn't lead to anything good! Well, here it is! – Dad dramatically spread his arms.
– Don't yell at Masha! – Vitya intervened. – She can't get nervous! You want a healthy grandson, don't you? – he threw in.
– I do want a grandson, – Dad calmed down a bit, – but I also want Mashka to graduate from university.
– She'll do it, – Vitya said confidently. – I'll take care of it!

— Позаботится он! — уже примирительно ворчал отец. — Раньше надо было позаботиться, чтоб детей не вовремя не делать!

— Дети всегда вовремя! — с напором сказал Витя.

— Это да! — выдохнул отец и посмотрел на Машку. — Пойдёшь за него замуж и будешь рожать?

— Угу, — пряча глаза под чёлкой, ответила Машка.

— Ну, женитесь тогда, рожайте, — смягчился отец. — Как говорится, совет да любовь!

***

«Здравствуй, дорогой дневничок!

Я выхожу замуж! Папа согласился! Я так боялась, что скажет Витя и папа!!! Что бы я делала, если бы Витя отказался от ребёнка, даже не представляю!!! Я вообще сейчас ничего не представляю! Как быть с учёбой? Как с ребёнком? Как со свадьбой? Как же всё сразу навалилось!!! Господи!!! Это не со мной! Олька говорит, что мне жутко повезло, что Витя — это джекпот, что я должна только радоваться. А мне почему-то страшно. Я ничего этого сейчас вообще не планировала! Я даже не представляю, как это быть мамой и женой! А как же учёба? Витя сказал, что поможет и будет меня поддерживать. Я ему очень благодарна!

Доктор была права. Когда Витя услышал биение сердца ребёнка, он прямо замер от восторга, не мог поверить своим ушам и глазам! Сказал, что очень счастлив, что станет папой и что я буду его женой. Это здорово!

Завтра мы с мамой идём выбирать свадебное платье. Хотим свадьбу побыстрее сыграть, пока живот не видно. Олька и Пашка будут свидетелями...»

– I'll take care of it! –Dad grumbled reconcilingly. – Should have taken care of it earlier, so the kids wouldn't be made at the wrong time!

– Kids are always at the right time! – Vitya said firmly.

– That's true! – Dad sighed and looked at Mashka. – Will you marry him and have a baby?

– Uh-huh, – Mashka answered, hiding her eyes under her bangs.

– Well, get married then, have a baby, – Dad softened. – As they say, blessings and love!

***

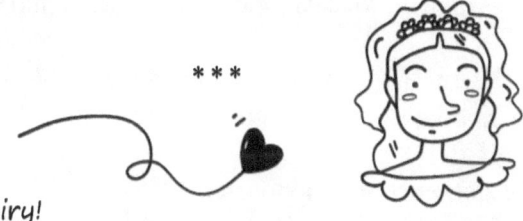

"Dear Dairy!

I'm getting married! Dad agreed! I was so afraid of what Vitya and Dad would say!!! I don't even know what I would have done if Vitya had refused the child! I don't know anything at all right now! What about my studies? What about the baby? What about the wedding? It's all piled on me at once!!! God!!! This isn't happening to me! Olka says I'm incredibly lucky and that Vitya is the jackpot, that I should only be happy. But for some reason I'm scared. I didn't plan any of this at all! I don't even know what it's like to be a mom and a wife! And what about my studies? Vitya said he would help and support me. I'm very grateful to him!

The doctor was right. When Vitya heard the baby's heartbeat, he just froze in delight, couldn't believe his ears and eyes! He said he's very happy to become a dad and that I'll be his wife. That's great!

Tomorrow, Mom and I are going to choose a wedding dress. We want to have the wedding as soon as possible, before the belly shows. Olka and Pashka will be the Maid and Best Man..."

— Мам, ты снова за конспектами? — Юлька опять зашла так, что я не заметила. — Может это уже устаревшая информация? — пошутила она. — Попробуй найти более современные источники.

— Ты не представляешь, как ты права, Юлечка! — я опустила тетрадь, взглянув на неё с удивлением: «Она всё это читала или так совпало?» Наверное, прошлое надо выбросить не только из головы, а и все эти старые тетради отправить в мусор. — Ты такая уже взрослая, Юлечка.

— Мам, а готов уже костюм единорога?

«Всё-таки не совсем взрослая» — мысленно улыбнулась я.

— Почти готов. Пойдём, померяешь, — я решительно встала. Хорошо, что прошлое — это прошлое. Там ему и место!

Мы занялись «единорогом».

— По-моему, хорошо! — я любовалась Юлькой. Какая же она у меня красавица!

— Мам, ну можно покороче! Это же не костюм монашки! И вырез поглубже сделай!

— Начинается! — я старалась прикрыть все Юлькины прелести от греха подальше, а ей, конечно же, надо было показать всё и сразу.

— Юлечка, а как же «в каждой девушке должна быть загадка»? — я попробовала зайти с другой стороны.

— Мама, ну не в бёдрах же загадка! — психанула Юлька. — Что тут загадочного? Смотри, как красиво! — она задрала юбку до неприличной высоты.

— Красиво, — согласилась я. Ноги у Юльки шикарные. — Только если ты слегка наклонишься, все увидят, какого цвета у тебя трусы!

— Надену телесные, никто не увидит! — начала заводиться Юлька.

– Mom, you're back with your notes? – Yulka walked in again without me noticing. – Maybe this information is already outdated? – she joked. – Try to find nowadays sources.

– You have no idea how right you are, Yulya! – I put down the notebook, looking at her with surprise: "Did she read all this or was it just a coincidence?" Probably, I need to throw out the past not only from my head, but also send all these old notebooks to the trash. – You're so grown up, Yulya.

– Mom, is the unicorn costume ready yet?

"Not quite yet", – I smiled inside.

– It's almost done. Let's try it on, – I decisively got up. It's good that the past is the past. That's where it belongs!

We got to work on the "unicorn".

– I think it looks good! – I admired Yulka. What a beauty she is!
– Mom, can it be a little shorter? This is not a nun's costume! And make the neckline deeper!
– Here we go! – I tried to cover up all of Yulka's charms to stay out of trouble, and of course she wanted to show everything at once.
– Yulya, what about "every girl should have a mystery"? – I tried a different approach.
– Mom, the mystery is not in the hips! – Yulka freaked out. – What's mysterious about that? Look how beautiful! – she pulled up her skirt to an indecent height.
– Beautiful, – I agreed. Yulka has gorgeous legs. – But if you bend over slightly, everyone will see what colour your panties are!
– I'll wear nude ones, no one will see! – Yulka started to get nervous.

— Окей, — согласилась я. В конце концов у каждого должен быть свой опыт.

«Она будет дома, — подумала я, — если что, переоденется».

— Только давай на пять сантиметров сделаем длиннее, — взмолилась я.
— Ладно, только на пять, но не больше, — быстро и жёстко добавила она.

«Ну, хоть так», — подумала я и нежно поцеловала Юльку. Она растаяла и улыбнулась.
— Спасибо!

* * *

Канун Нового года пришёл, как всегда, быстро и незаметно. Юлька сгорала от предвкушения.

— Мамочка, ну идите уже, — её глаза сверкали. — Скоро уже все придут!
— Да-да, не торопи, пожалуйста! — Маша волновалась не меньше. — Я тебя умоляю, проследи, чтобы всё было хорошо! Будь умницей!
— Маша, не волнуйся. Она уже достаточно взрослая, — успокаивающе, как всегда, прошептал на ухо Витя. — Юля, повеселись от души! Я знаю, всем понравится твоя вечеринка! — он чмокнул Юлю в щёчку и аккуратно под локоть вывел Машу. — Идём, идём, нас тоже ждут, — он подмигнул Юле. — Пока!
— Пока! — выдохнула Юлька и побежала ещё раз посмотреть на себя в зеркало. О, какая прекрасная девушка-единорог! Любование собой прервал звонок в дверь.

– Okey, – I agreed. After all, everyone should have their own experience.

"She'll be at home, – I thought, – if anything, she'll change".

– Let's just make it five centimetres longer, okay? – I pleaded.
– Okey, only five, but not more, – she quickly and firmly added.

"Well, at least that", – I thought and tenderly kissed Yulka. She melted and smiled.
– Thank you!

* * *

New Year's Eve came, as always, quickly and unexpected. Yulka was burning with anticipation.

– Mommy, come on, go already, – her eyes were shining. – Everyone will be here soon!
– Alright, alright, don't rush me, please! – Masha was nervous as well. – I'm begging you, make sure everything is good! Be a good girl!
– Masha don't worry. She's already grown up enough, – Vitya always calmly whispered in her ear. – Yulya, have a blast! I know everyone will love your party! – he pecked Yulya on the cheek and gently led Masha by the elbow. – Let's go, they're waiting for us too, – he winked at Yulya. – Bye!
– Bye! – Yulka breathed out and ran to take one more look at herself in the mirror. Oh, what a gorgeous unicorn girl! The doorbell interrupted her self-admiration.

— С Новым годом! Какие вы все классные! Здорово мы с костюмами придумали! Проходите!

Весёлый гомон наполнил квартиру. Ребята помогали накрывать на стол, спорили, какую музыку поставить и как быть с подарками:

— Да под ёлку! А потом каждому доставать!
— Не-е-т! Дед Мороз приносит подарки!
— А кто будет Дедом Морозом? Может, никому этот фант не достался! Как же мы про Деда Мороза не подумали!!!
— Во-о-т! Значит под ёлку!
— Давайте дождёмся всех. Если Деда Мороза не будет, тогда под ёлку.
— Гениально!
— А может, наших спросим, может, кто-то ещё дома и костюм Деда Мороза захватит или по дороге купит!
— Ну конечно! Можно попробовать! — вся компания вернулась к приготовлениям.
— Туки-туки! Это здесь самая крутая вечеринка города? Я туда попал? — на пороге стоял Дед Мороз.
— Ура!!! Дед Мороз!!! — все подлетели к нему.
— Так, детишки, не спешим, не спешим!!! Где тут у вас ёлка?
— Давай-давай, проходи! Как же ты вовремя! — Деда Мороза практически внесли в комнату с ёлкой. — Подарки! Подарки ему в мешок складывайте быстрее!
— Так, детишки, не спешим! Прежде чем положить подарки в мешок, надо Дедушку Мороза чем-то угостить! — веселился Дед Мороз. Казалось, все вернулись в детство, охваченные восторгом, нетерпением и ожиданием чуда.
— А Дедушка Мороз пьёт вино? — Юлька поднесла ему бокал.

For you, Sweetheart

– Happy New Year! You all look so cool! The costumes were such a great idea! Come on in!

Cheerful chatter filled the apartment. The guys helped set the table, argued about what music to play and what to do with the gifts:

– Under the tree! And then each one pulls out theirs!
– No way! Santa Claus brings the gifts!
– But who's gonna be Santa Claus? Maybe no one got that forfeit! How could we forget about Santa Claus!!!
– There you go! So, under the tree!
– Let's wait for everyone. If there's no Santa Claus, then under the tree.
– Genius!
– Let's ask guys, maybe someone at home has a Santa Claus costume or will buy one on the way!
– Right! We can try that! – The bunch of them backed to their stuff to do.
– Knocky-knocky! Is this where the coolest party in the city is? Did I make it? – Santa Claus stood at the door.
– Yay!!! Santa Claus!!! – everyone rushed to him.
– Alright, kids, no need to hurry, no need to hurry!!! Where's your tree here?
– Come on, come on, come in! You're just in time! – Santa Claus was practically carried into the room with the tree. – Gifts! Quickly, put the gifts in his sack!
– Alright, kids, no need to rush! Before you put the gifts in the sack, you need to treat Santa Claus to something! – Santa Claus was having fun. It seemed like everyone had backed to childhood, seized by delight, impatience, and the expectation of a miracle.
– Does Santa Claus enjoy wine? – Yulka offered him a glass.

— То, что надо, внученька. То, что надо! – все подняли бокалы. – Ну, чтобы эта ночь была незабываемой!

За громовым «Ура!!!» последовал звон бокалов.

— До дна! – потребовал Дед Мороз. – Так, подарки я ваши забираю в мешок. Вы большие молодцы! Все были хорошими детками в этом году?

— Да-а-а-а! – радостно запрыгали «детки».

— Хо-ро-шо! Это надо отметить!!! Наливай! – скомандовал Дед Мороз, вызвав всеобщее оживление.

— За прошедший год! Берем из него только хорошее! – поднял бокал Дед Мороз.

— Ур-а-а-а!!! – бокалы снова весело зазвенели. Опоздавшие ребята быстро сложили подарки в мешок Деда Мороза и влились в общее веселье.

— Так! – старался перекричать всех Дед Мороз. – Все подарки в мешке?

— Да-а-а-а! – веселье не утихало.

— Хо-ро-шо! Только подарки я вам не отдам! – вдруг изрёк Дед Мороз.

— Как?

— Прежде чем получить подарок, надо Дедушке Морозу станцевать или спеть! Стишок тоже разрешается, – Дед Мороз, довольный собой, гладил бороду. – Думаю, надо ещё по одной для храбрости! Да, детишки?! – засмеялся Дед Мороз.

— Да-а-а! – веселящейся компании всё больше и больше нравилась затея с подарками и костюмами. И Дед Мороз был на высоте. Веселье стояло невообразимое. Пели и декламировали кто как мог, и что мог. Больше всего – детсадовские стишки.

– Just what the doctor ordered, granddaughter. Just what the doctor ordered! – everyone raised their glasses. – Well, let this night be unforgettable!

After a thunderous "Hurray!!!" the glasses clinked.

– Bottoms up! – demanded Santa Claus. – Okay, I'm taking your gifts in the sack. You're all such good kids this year?
– Yeeeeees! – the "kids" happily jumped around.
– Gu-gu-good! Let's mark it with the drink!!! – Santa Claus commanded, causing general excitement.
– Cheers to the past year! Let's take only the best from it! – Santa Claus raised his glass.
– Hurray!!! – the glasses merrily clinked again. The late arrivals quickly put their gifts in Santa Claus's sack and joined in the fun.
– Okay! – Santa Claus tried to shout over everyone. – Are all the gifts in the sack?
– Yeeeeees! – the fun didn't subside.
– Gu-gu-good! But I won't give you the gifts! – Santa Claus suddenly announced.
– What?
– Before you get a gift, you have to dance or sing for Santa Claus! A poem is also allowed, – Santa Claus, pleased with himself, stroked his beard. – I think we need one more drink for courage! Right, kids?! – Santa Claus laughed.
– Yeeeeah! – the merry company liked the idea with the gifts and costumes more and more. And Santa Claus was on top of his game. The fun was unimaginable. They sang and recited as best they could. Mostly nursery rhymes.

— Вот это память! – смеялся Дед Мороз. – Вот это таланты! А формулы по физике помнишь, деточка? – строго глянул он на Кота в Сапогах.

— Не-е-е-т! – чуть не плакал Кот.

— Ну не плачь, не плачь! Ну её, эту физику! Вот тебе подарок, и возьми себе конфетку.

— За Кота в Сапогах! – поднял бокал Дед Мороз. – А потом – танцы!

— За Кота в Сапогах!!! – все опять дружно чокнулись, выключили свет, оставив светиться только ёлку, и пустились в пляс.

— Дед Мороз, а как же мой подарок?! – Юлька повисла у него на руке. – Ты совсем забыл про меня!

— Не забыл, прекрасная девушка-единорог. Пойдём со мной! Ты мне станцуешь и получишь свой подарок! – он увлёк Юльку в соседнюю комнату, где никого не было.

— Ну, покажи, что ты умеешь, – Дед Мороз прижал Юльку к стене и начал целовать. Юлька поплыла.

— Майкл... – только и смогла она прошептать.

— Иди сюда... – он притянул её за руку на кровать.

Когда в комнату с хохотом ввалились ребята, Юлька была уже полураздета.

— Ой, сорянчики, сорянчики! – вошедшие захохотали. – Здесь уже занято! – завопили подтянувшиеся ещё зрители. – Помощь не нужна? Юлька, классная фигура! Майкл, поздравления! Вы продолжайте, продолжайте! Мы здесь тихонечко постоим! – все были пьяные и весёлые.

Юлька поспешно одевалась, сгорая от стыда.

— What a memory! – Santa Claus laughed. – What talents you are! And what about the physics formulas, dear? Do you remember them? – he looked sternly at the Puss in Boots.

– Noooo! – the Puss was close to cry.

– Oh, don't cry, don't cry! Forget about physics! Here's your gift and take a candy for yourself.

– To the Puss in Boots! – Santa Claus raised his glass. – And then – dancing!

– To the Puss in Boots!!! – everyone clinked their glasses again, turned off the lights, leaving only the tree lit, and started dancing.

– Santa Claus, what about my gift?! – Yulka hung on his arm. – You completely forgot about me!

– I didn't forget, beautiful unicorn girl. Come with me! You'll dance for me and get your gift! – he led Yulka into the next room, where no one was.

– Well, show me what you can do, – Santa Claus pressed Yulka against the wall and started kissing her. Yulka melted.

– Michle... – that's all she could whisper.

– Come here... – he pulled her by the hand onto the bed.

When the guys burst into the room laughing, Yulka was already half-undressed.

– Oooops, oooops! – the guys that entered that moment bursted out laughing. – Busy, busy! – the gathered audience screamed. – Need any help? Yulka, fantastic figure! Michle, congratulations! Keep going, keep going! We'll just stand here quietly! – they were all drunk and merry.

Yulka hurriedly got dressed, burning with shame.

— Плохие детишки! — взвыл Майкл. — Не придёт к вам больше Дед Мороз! — он запустил в них подушкой.

Ребята с хохотом подхватили Майкла, одевающегося на ходу, и потянули в комнату, где гремела музыка.

Юлька сидела в тени, будто пытаясь спрятать глаза в бокале с вином.

— Идём танцевать! — Майкл протянул руку.
— Мне так стыдно! — Юлька вжала голову в плечи.
— Я с тобой! — Майкл присел перед ней на корточки. — Никто не посмеет тебя обидеть! Слышишь?!

Юлька шмыгнула носом:

— Хорошо, — посмотрела она с благодарностью на Майкла.
— Мы просто поторопились, — сказал он. — В следующий раз будем только ты и я. Хорошо? — заглянул он ей в глаза.
— Да, — Юлькины глаза засветились. Она обняла Майкла и прижалась к его щеке.
— Идём! — и он увлёк Юльку танцевать.

***

Маша стояла у открытого окна. Был тёплый весенний вечер, и пахло дождём, как тогда, в её детстве. Она глубоко и медленно вдыхала этот запах, наполняясь весенней свежестью.

– Naughty kids! – Michle howled. – Santa Claus won't come to you again! – he threw a pillow at them.

The guys laughed and grabbed the still-dressing Michle, dragging him into the room where the music was blaring.

Yulka sat in the shadows, as if trying to hide her eyes in a glass of wine.

– Let's go dance! – Michle held out his hand.
– I'm so ashamed! – Yulka shrank into her shoulders.
– I'm with you! – Michle squatted down in front of her. – No one will dare to offend you! Do you hear?!

Yulka sniffed:

– Okey, – she looked at Michle gratefully.
– We just rushed things, – he said. – Next time it'll be just you and me. Okay? – he looked into her eyes.
– Okey, – Yulka's eyes lit up. She hugged Michle and pressed her cheek to his.
– Let's go! – and he led Yulka to dance.

***

Masha stood by the open window. It was a warm spring evening, and it smelled of rain, like back in her childhood. She breathed in this scent deeply and slowly, filling herself with the freshness of spring.

— Боже, как хорошо... — прошептала она. Было тихо и спокойно, и дома, и на улице, а главное — в душе. Никаких мыслей и тревог, только запах свежего весеннего вечера.

К дому подошёл Майкл.

— Мамочка, я гулять! — в комнату заглянула Юлька, её глаза светились.
— Люблю тебя, — Маша мягко улыбнулась.
— И я тебя! — Юлька чмокнула воздух. — Пока!

И почему я сказала «Люблю тебя» вместо привычного «Только не поздно»? Маша прислушалась к себе. На душе было тихо и спокойно, как и этот весенний вечер. Ни тревоги, ни страха, сплошное умиротворение. «Значит, всё будут хорошо», — подумала она.

Маша видела счастливые глаза дочери и уверенный взгляд Майкла, вспыхивающий озорством и радостью.

«Как прекрасна молодость с её жизнелюбием!», — подумала Маша, глубоко вдохнув, и её глаза наполнились светом, когда она увидела обнимающихся ребят внизу.

Майкл, заметив её в окне, приветственно помахал и увлёк смеющуюся Юльку в ночь.

— Идём, а то мама смотрит, — прошептал он ей в губы. — А нам зрители не нужны...
— Не нужны, — засмеялась Юлька.

– Oh, God, that's nice... – she whispered. It was quiet and calm, both at home and outside, and most importantly – in her soul. No thoughts or worries, only the scent of a fresh spring evening.

Michle approached the house.

– Mommy, I'm going out! – Yulka peeked into the room, her eyes shining.
– I love you, – Masha smiled softly.
– I love you too! – Yulka blew a kiss. – Bye!

And why did I say, "I love you" instead of the usual "Don't be late"? Masha listened to herself. Her soul was as quiet and calm as this spring evening. No anxiety, no fear, just pure serenity. "Everything will be fine", she thought.

Masha saw the happy eyes of her daughter and the confident gaze of Michle, flashing with mischief and joy.

"How beautiful youth is with its love of life!" Masha thought, taking a deep breath, and her eyes filled with light when she saw the embracing guys below.

Michle, noticing her in the window, waved in greeting and led the laughing Yulka into the night.

– Let's go, Mom is watching, – he whispered on her lips. – And we don't need the audience...
– We don't, – Yulka laughed.

Они гуляли долго, наслаждаясь вечером и друг другом. Было легко и хорошо. У Юльки рядом с Майклом возникало ощущение крыльев за спиной. Казалось бы, всё как обычно: простые разговоры, лёгкие касания и крепкие объятия, но та энергия, которая исходила от него, заставляла её сердце биться сильнее.

Майкл не спешил с сексом, и Юлька успокоилась. Она знала, она чувствовала, что он рядом, что он с ней, и не только ради секса.

А у Майкла действительно что-то щёлкнуло внутри в ту новогоднюю ночь, когда он увидел её в углу — прячущую глаза, трепетную и беззащитную девушку-единорога. И ему захотелось оградить её от всех бед, сделать так, чтобы она опять улыбалась и была счастлива. А когда Юлька нежно смотрела на него, у Майкла внутри становилось тепло-тепло, и он боялся спугнуть сексом это хрупкое тепло и нежность. Но в этот вечер ему страстно захотелось большего.

— Юль, пойдём ко мне, — он заглянул в её глаза.
— Пойдём, — прошептала Юлька, всё поняв, но не испугавшись, а затаив дыхание в предвкушении чего-то хорошего, долгожданного.
— Хочешь вина? — спросил Майкл, когда они зашли в комнату.
— Нет, — прошептала Юлька, глядя ему в глаза.

Майкл привлёк её и поцеловал нежно-нежно. Юлька ловила каждое мгновение. Всё тело, руки, губы двигались сами собой. Юлька отдалась во власть природы, видя только глаза Майкла. А Майкл читал её по глазам, по взмаху ресниц. И когда их накрыла волна блаженства, Юлька не могла поверить, что так бывает...

For you, Sweetheart

They walked for a long time, enjoying the evening and each other. It was easy and good. Being with Michle made Yulka feel like she had wings on her back. It seemed like everything was as usual: simple conversations, light touches and tight hugs, but the energy that emanated from him made her heart to beat faster.

Michle wasn't in a hurry with sex, and Yulka calmed down. She knew, she felt that he was there for her, that he was with her, and not just for sex.

And something did click inside Michle that New Year's night when he saw her in the corner – hiding her eyes, a trembling and defenceless unicorn girl. And he wanted to shield her from all troubles, make her smile and be happy again. And when Yulka looked tenderly at him, it became so warm inside Michle, and he was afraid to scare off this fragile warmth and tenderness with sex. But this evening he passionately wanted more.

– Yulya, let's go to my place, – he looked into her eyes.
– Let's go, – Yulka whispered, understanding everything but not being scared, but holding her breath in anticipation of something good, long-awaited.
– Want some wine? – Michle asked when they entered the room.
– No, – Yulka whispered, looking him in the eye.

Michle pulled her close and kissed her tenderly. Yulka caught every moment. The body, her arms, her lips moved on their own. Yulka surrendered to the power of nature, seeing only Michle's eyes. And Michle read her by her eyes, by the flutter of her eyelashes. And when the wave of bliss swept over them, Yulka couldn't believe it could be like this...

Всю ночь они не могли выбраться из объятий друг друга. Только Он и Она, только танец тел. И не важно, что в первый раз, и не важно, кто что знал, читал и слышал про секс. Они просто видели и чувствовали друг друга. Только Он и Она...

В ту ночь Маша так и не дождалась дочери домой. По правде сказать, она и не ждала. Она всё поняла и почувствовала, когда увидела их вместе внизу.

Маша просто вдыхала воздух весеннего вечера и ей казалось, что она вернулась в свою юность...

«У тебя всё будет хорошо, – прошептала Маша. – Всё будет хорошо...»

All night they couldn't break free from each other's embrace. Only He and She, only a dance of bodies. And it doesn't matter that it's the first time, and it doesn't matter what you knew, read and heard what about sex. They just saw and felt each other. Only He and She...

That night, Masha never waited for her daughter to come home. To be honest, she didn't expect her to. She understood and felt everything when she saw them together below.

Masha just breathed in the air of the spring evening, and it seemed to her that she had backed to her youth...

"Everything will be fine for you, – Masha whispered. – Everything will be fine..."

www.ingramcontent.com/pod-product-compliance
Lightning Source LLC
LaVergne TN
LVHW091550060526
838200LV00036B/782